JN057707

王朝和歌、こんなに面白い

中原文夫

Nakahara Fumio

作品社

王朝和歌、こんなに面白い／目次

王朝和歌、こんなに面白い

はじめに

　これから平安貴族の世界を中心に、時代の流れに沿いながら、教科書的な堅苦しさから離れて、楽しい和歌めぐりの旅をしたいと思います。日頃あまり古典和歌を読むことのない方のために、王朝和歌などを楽しんで頂く語り部として、あちこちで寄り道しながら、近世までの古典和歌の面白い話を拾ってまいります。

　古典和歌と言えば、何だか難しくて親しみにくいと思われるかもしれませんが、現代から遠い世界だからこそ、面白くて楽しめるところがいっぱいあるのです。王朝社会では当たり前だった恋愛作法も私たちには珍しく、驚くほどストレートな愛のかたちも新鮮で興味深い。でも、男女のかけひきや細やかな交情は、現代でも大いに参考になるかもしれません。

わが国では、恋愛や社交、冠婚葬祭など様々な場面で和歌は詠まれて来ました。熱い恋の想いを伝え、四季の移ろいの中で自然を賞美し、お祝いやお悔やみを述べ、旅立ちへのはなむけを歌い、友人知人と歌を詠み交わし、出世の遅れを愚痴って昇進のお願いをするなど、和歌には人と人をつなぐ幾つかの機能と効用があり、あらゆる美意識を表現する豊かな包容力がありました。

更には、和歌の徳で助けられた話、詠歌の競い合い、歌に執心した歌詠みの悲喜劇など、古典和歌は王朝貴族の雅(みやび)な暮らしと共に、興味深い側面もいっぱい見せてくれます。現代人の目には非常識と映り、馬鹿げていると笑いたくなるような部分にも、人々の素朴な哀歓が漂っています。だからこそ古典和歌、王朝和歌は面白いのです。また、長い歴史を持つ和歌文芸には「勅撰(ちょくせん)和歌集」や「古今伝授」などの伝統もあり、歌合せや歌会などの文化的意義も貴重です。

所々で別の話をはさんだり、時代がさかのぼることもありますが、あくまで楽しんで頂くための方便だと、ご理解頂ければ幸いです。それぞれの和歌の解釈については、分かりやすさを心がけ、出来るだけシンプルになるよう心がけました。時には意訳もあり、和歌の中の漢字のふりがなは現代仮名遣いにしてあります。古典和歌のふところの深さと、悠久の伝統の素晴らしさ。楽しみながらもそれに触れて頂くことが何よりの願いです。
（本書では宮廷の和歌はどの時代でも王朝和歌と呼んでいます。）

第一章　王朝社会と和歌

1　貴族たちの和歌のたしなみ

貴公子・大伴家持への激しい恋歌

あの『小倉百人一首』も半数近くは恋の歌。和歌と言えばやはり恋歌が思い浮かぶことでしょう。そこで、古典和歌に馴染むために、まず恋の歌をちょっと覗いてみることにしましょう。奈良時代のことですが、女性歌人の笠女郎（かさのいらつめ）が身分違いの貴族・大伴家持（おおとものやかもち）に贈った情熱的な相聞歌（恋歌）の一首です。

朝霧のおほに相見し人ゆゑに命死ぬべく恋ひ渡るかも　（『万葉集』）

朝霧のようにおぼろな逢瀬を過ごしただけなのに、今は命が絶えるばかりに恋い焦がれています。笠女郎が年下の家持に贈った恋歌二十四首に対し、家持からの返歌はたったの二首。彼女はこの名門の貴公子を恋する大勢の女性たちの一人に過ぎなかったようです。愛する家持が逢ってくれなくなり、恋人の屋敷の見える奈良山にやって来て、片思いの狂おしい気持ちを詠んだのが次の和歌でした。

君に恋ひ甚も術なみ奈良山の小松が下に立ち嘆くかも　（『万葉集』）

あなたが恋しくて、たまらなくてどうしようもなく、奈良山の小松の下に立ち尽くしてただ嘆くばかりです。

平安貴族の恋人に必死で詠みかける女

さて、冒頭は奈良時代の和歌のお話でしたが、これから平安王朝の和歌に移ります。王朝社会では日常の様々な場面で、和歌は大きな役割を果たし、そこには色々と興味深いドラマがありました。こうした古典和歌の面白さを、これからご一緒に堪能して行きたいと思います。では、平安貴族たちの雅な世界を覗いてみましょう。

和泉式部の娘・小式部内侍は『小倉百人一首』でも有名な平安時代中期の歌人ですが、藤原道長の子息・藤原教通に深く愛されていました。逢うのが途絶えがちになってから、教通は病気を長く患いますが、やがて回復して姉の上東門院彰子を訪れた時、彰子に仕える小式部内侍を台所で見かけます。久しく逢わなかった二人の再会でした。

教通が「もう死ぬところだったんだぞ、どうして見舞いに来てくれなかったんだ」と言い捨てて去ろうとしたら、小式部は教通の直衣の裾を引き止めながら、必死で彼に和歌を詠みかけました。

死ぬばかり歎きにこそは歎きしか生きて問ふべき身にしあらねば

(『後拾遺和歌集』)

私は死ぬほど辛い思いで歎いていました。生きているうちにあなた様をお尋ねできる身の程ではありませんので……。藤原教通は後に関白太政大臣になったほどの上流貴族。小式部がいくら教通の病気を心配したところで、見舞いに行くには身分が違いすぎるし、愛人の立場では人目も憚（はばか）られます。堪え忍んで苦しんでいるしかなかったのです。

彼女のこの歌を聞いた教通は、いとおしさに感極まったのか、衝動的に小式部をかき抱いて部屋に入り、一夜を共にしました。小式部内侍は弁解がましいことは何も言わず、とっさに詠んだたった一首の和歌で、悶々と過ごした苦渋の想いを伝え、恋人の愛情を取り戻したのです。和歌の不思議な力と言えるのではないでしょうか。

春の夜の宮廷女房にとんだたわむれを

このように王朝社会では、人と人との触れ合いや交わりで、和歌はとても大きな手立てとなっていました。和歌のそんな社交の一面を知るために、もうしばらくこうした話を続けたいと思います。

たとえば、『小倉百人一首（おぐらひゃくにんいっしゅ）』にも選ばれた有名なこの歌。春の夜を宮廷で他の女房たちと語り明かしていた周防内侍（すおうのないし）が、物にもたれかかって横になり、「枕がほしいな」と呟いたら、通りかかった藤原忠家が、御簾（みす）の下から「これをどうぞ」と腕を差し入れたので、周防内侍が即座に応じたのがこの和歌でした。

春の夜の夢ばかりなる手枕にかひなく立たむ名こそ惜しけれ　（『千載和歌集』）

春の夜のはかない夢のようなお戯れの腕枕で、つまらない浮き名が立ったら、口惜しいじゃないですか。御簾は中が見えないように室内に垂らしたすだれです。忠家はその外側から、茶目っ気でいたずらをしてみたのです。

紫式部と藤原道長の贈答歌

さて、『源氏物語』の作者・紫式部の話になりますが、一条天皇の中宮・彰子に仕える彼女が、彰子の父・藤原道長の邸宅「土御門殿」にいた時のこと。早朝、藤原道長が邸内の女郎花の枝を折り取って、紫式部の局（私室）に近寄り、几帳の上から覗かせて和歌を催促しました。紫式部は寝起きの顔を気にしながら、すぐに歌を詠んで応えます。

女郎花さかりの色を見るからに露の分きける身こそ知らるれ　（『紫式部日記』）

女郎花が今を盛りと美しく咲いているのを見るにつけ、露が分け隔てをして、恵みを与えてくれない我が身の程がよく分かります……。朝露は女郎花は美しく染めたのに、自分にはそうしてくれなかったというわけです。この女郎花のように美しくなれない我が身を思い知った、という容色の衰えを認める謙遜でしょうか。女郎花は中宮に仕える女房たちを、露は道長を暗示している、という見方もできるようです。

道長は紫式部の歌が早く出来たのを喜び、自分も詠んで返しました。

白露は分きてもおかじ女郎花心からにや色の染むらむ　（『紫式部日記』）

白露は分け隔てをしてるわけじゃないだろう。女郎花は自分の心の持ちかたで色美しく咲いてるんだと思うよ……。心がけ次第で美しくなれるものだと言い聞かせ、紫式部を励ましています。贈られた歌の意味ありげな含みを、軽妙にあしらっているようです。

それにしても、紫式部を召し抱える主家の当主が、一介の女房にこれほどかまうのは、ただの気まぐれではなく、有能な女房への社交儀礼だったとも考えられます。あなたの文才が有名なのはよく分かってるから、今後ともよろしく頼むよ、という挨拶であり、和歌で力量を試してみた、ということだったかもしれません。

『紫式部日記』のこのくだりは藤原道長の和歌で終わっており、他に何も書かれていません。道長の歌に紫式部がどう反応したのか、その後、ひょっとして何かやりとりがあったのか、気になるところです。早朝こうした和歌を詠み合うことに、二人の交情が匂わないでもありません。紫式部と藤原道長については、後の章でゆっくり見て行きたいと思います。

とっさに歌を返せない時はどうするか

和歌を贈られたら和歌で返事をするのが日常の作法で、先の藤原忠家も周防内侍に返歌をしています。和歌のやりとりが出来るのは、王朝社会の人々には必須の教養でした。宮仕えの女房と殿上人(てんじょうびと)が、互いに和歌を詠みかけたり返し歌をしたり……はよくあること。誰かに歌いかけられたら、とっさに歌を返す臨機応変の技能が求められるわけですが、いつもうまく対応できるはずもない。

そこで鴨長明(かものちょうめい)は人に教えられた話として、『無名抄(むみょうしょう)』で宮仕えの女性から歌を詠みかけられて困った時のコツを書いています。聞こえないふりをして何度も尋ねると、相手も終わりにははっきり言わなくなる。この間に返歌を思いついたら言えばいいし、詠めそうになければ、そのまま聞こえないふりをして終わらせる……というのです。

また、こちらが知らない和歌の一句か二句を言われた時は、「まさか、そんなふうに思ってらっしゃるわけじゃないでしょう」などと答えればよい、と書いています。女性が自分の知っている和歌に気持ちを託して、その歌の一部を声に出して投げかけて来た時、こちらがその歌をまったく知らなかった場合はどうごまかすか、という対処法です。「まさか、そんなこと、ウソでしょう?」なんて言えば、これはどのようにも解釈される言葉だから、その和歌の意味は分からなくても、どんな内容の返事としても通用する、というわけです。

何だかメールやラインのやりとりでも応用できそうな手口ですね。『方丈記』を書いた鴨長明は和歌所の寄人(よりうど)も務め、歌人として活躍した人でした。

手紙には王朝貴族の美意識が

即興で和歌を詠み交わすだけではありません。和歌を手紙でやりとりするのも社交の大切な手段でしたが、色々な工夫で意匠を凝らしていたようです。様々な色に染めた高級な料紙を選び、ひらがなを何文字か美しく流れるように連ねて書くのですが、これは仮名の発達と共に生まれた「みづくき」という連綿体の技法で、字の大きさや太さ、墨の濃淡を変えながら散らし書きにしていました。

こうした手紙は、香を焚きしめたり、橘や梅の枝など内容に合った季節の植物を添えるなどして、「文使い」の従者が届けます。手紙による和歌の贈答には、王朝貴族たちの美意識が籠められていたのです。

2　恋文や恋歌の贈答・応酬

見知らぬ男から恋歌が

もちろん恋愛にも和歌の贈答は欠かせません。王朝社会の恋はまず男が女に和歌を贈ることから始まるのですが、ちらっと姿を見た一目ぼれの相手か、噂を聞いただけでまだ見たこともない女性に恋歌を捧げるのが第一歩でした。たとえば『古今和歌集』撰者の紀友則がある女性に初めて贈った歌。

我が心いつ慣らひてか見ぬ人を思ひやりつつ恋しかるらん　（『後撰和歌集』）

まだ会ったこともないのに、いったいいつからあなたのことを恋しく思うようになったんだろう……なんて見知らぬ男からいきなり言い寄られたら、現代の女性なら薄気味の悪さに凍りつくでしょう。歌を贈られても女はすぐ返歌をしないのがしきたりでしたが、男はそれでも懲りず、返事がなくても何度も求愛の歌を贈り続けるので、会ったこともない男からこんな歌を受け取る女性も出て来ます。

あやしくも厭ふにはゆる心かないかにしてかは思ひやむべき（『後撰和歌集』）

不思議なことに嫌われると恋心がますます強くなってしまう。いったいどうしたらこの思いを止められるんだろう……。何だか面識のないストーカーから強引に迫られているようで、現代なら警察に通報して相談するのではないでしょうか。

女のつれない返し歌

恋愛のプロセスや恋歌の実際については後に触れますが、女が男に返歌をして和歌のやりとりが始まると、たとえばこんな贈答も。男が女にぜひ逢いたいと切望する次のような歌を贈りました。

人知れぬ涙に袖は朽ちにけり逢ふよもあらば何に包まむ　（『拾遺和歌集』）

あなた恋しさに人知れず流した涙で、私の袖は朽ちてしまいました。もしもあなたに逢えることになったなら、嬉し涙をいったい何に包もうかなあ。この和歌に女が返歌をしました。

君はただ袖ばかりをやくたすらん逢ふには身をもかふとこそ聞け　（『拾遺和歌集』）

あなたの恋の思いって、せいぜい袖を朽ちさせる程度なのね。逢うためには身をも引き換えにして命を惜しまないって、よく聞きますけどね。低姿勢で求愛する男の歌を初めはそのまま受け入れるのではなく、つれない返し歌で拒否するようなポーズを取るのが贈答のたしなみでした。男の歌をからかったり皮肉ったりもします。

あなたの下紐が解けるほどの想い

次の二首は、誰かに恋い慕われると袴や裳の下紐が自然に解ける、という俗信を踏まえた男の贈歌と女の返歌です。

恋しとは更にも言はじ下紐の解けむを人はそれと知らなん（『後撰和歌集』）

恋しいとは言葉ではこれ以上はもう言いません。あなたの下紐が解けることで、私の想いを知って頂きたいものです。

下紐のしるしとするも解けなくに語るがごとはあらずもあるかな（『後撰和歌集』）

下紐の解けるのがあなたの想いのしるしだと言われましたのに、少しも解けないんですけど……。どうやらあなたのお気持ちって、おっしゃるほどじゃないのね。男女の歌の応酬では、どう切り返すかということでセンスや才覚が問われ、それは互いに相手の器を探り合うことでもあるのです。

打ち明けられず悩む男も

ちなみに先ほどの歌ですが、下紐は下着の紐のことで、男女が互いに相手の下紐を結んで再び会うまで解かないのを愛の証(あかし)とする『万葉集』以来の習俗もあります。下紐を解くのは衣服を脱ぐことにもなり、そういう意味ではちょっとエロチックな歌ですが、これくらいの表現は王朝和歌では別に珍しいことではありません。また、和歌のやりとりでは、贈歌で使われた言葉を返歌の中に詠み込むのが決まりでした。先の例では、男の贈歌の「下紐」が女の返歌に詠まれています。

中には、そんな歌の応酬もできず、悶々と悩む男もいました。

かくとだに言はではかなく恋ひ死なばやがて知られぬ身とやなりなん

(『詞花和歌集』)

この恋を打ち明けられず、恋しさのあまりはかなく死んでしまったら、このままあの人に知られない身となって終わるのだろうか……。恋しさを抑えられず、死にそうになるのは、女も同じことです。

かく恋ひば堪へず死ぬべしよそに見し人こそおのが命なりけれ　（『続後撰和歌集』）

こんなにまで恋しく思い続けたら、きっと堪えられなくなって死んでしまうでしょうね。よそながらに見たあの人こそが、私の命だったんだわ……。知り合っただけで終わった男への熱い想いなのでしょうか。ところで「恋ひ死ぬ」とは、恋いこがれて死ぬことで、古典和歌では『万葉集』から王朝和歌まで、「恋ひ死ぬ」はよく詠み込まれていますが、これについて自分の恋心を次のように詠んだ男性歌人がいます。

恋ひ死なむ後(のち)は何せむ生(い)ける日のためこそ妹(いも)を見まく欲(ほ)りすれ　（『万葉集』）

「恋ひ死に」なんてしたら、後はいったい何になろうか。生きている間にこそ、あなたに逢いたいと思うのだから……。恋人に逢うためにこそ、生きていなければ意味がないというわけです。

男女の逢瀬のとき

さて、男女の恋はこの先、様々な展開がありますが、詳しいことは後の章に譲るとして、ここでは逢瀬の場面に一気に飛んで、少しだけ見ておきたいと思います。男が憧れの女に何とか逢えるところまで行ったとしたら、いったいどうなるのか。

当時、貴族社会では女性はめったに外出しないし、男に顔を見せることはほとんどありませんでした。家の中でも男とは簾(すだれ)を通して対面し、兄弟でも簾の中に入ることは出来ません。更に簾の内側には几帳が立てられ、外から姿は見えませんし、男がやっと家に入れてからも、女は部屋の内から簾越しに、外の縁側に坐る男と向き合います。

簾の内に男が入って初めて女とじかに会えたなら、ようやく恋人同士の大切な時間が始まり、男女の交わりを結んで、「逢瀬(おうせ)」を遂げることになります。いきなり結ばれる前に、どこかで顔を合わせてデートして……なんて段取りをつけられるのは現代であればこそ。恋が成就して「逢瀬」で枕を交わす時、初めて男が女の顔を見る、というのがごく当たり前の時代でした。男女の性愛の事情は現在よりずっと大胆で、すぐにセックスに及んだようです。

清少納言に夜這いもどき

せっかくの逢瀬も、暗がりの中では白粉や頬紅、口紅、歯黒め、引眉などで化粧した顔がよく見えなかったかもしれませんが、美人の条件は切れ長の細い目、おちょぼ口、ふくよかな顔立ち、そして身長ほどの長さの黒髪だったようです。

暗がりの男女と言えば、清少納言が『枕草子』の中で、彼女の寝ている部屋に夜分こっそりやって来たのに、不器用な振る舞いで忍び入ることの出来なかった男のことを、愉快そうに書いています。男はふすまを開け、「そこに伺ってもいいでしょうか、どうでしょうか」と何度も言うばかりでした。暗がりと言っても、灯台の明かりで男の姿は見えています。他の女房たちもいることに気づき、男が慌てて立ち去った後、清少納言も女房たちも大笑いした、ということですが、この様子を清少納言は呆れたように書いています。

「ふすまを開けたのなら、黙ってさっさと入ってしまえばいいのに、許しを得ようと挨拶なんかされて、『はい、いいですよ』なんて、誰も言えるわけないでしょ」

寝起きの顔を見られた清少納言

先ほど女性は男に顔を見せることはほとんどないと書きましたが、清少納言はある時、寝起きの顔を男に見られたことがあります。

天皇と中宮が早朝いきなり女房たちのところへ現れた折に、すぐ近くに来ていたのが、蔵人頭(くろうどのとう)の藤原行成(こうぜい)でした。天皇と中宮が奥に入った後、簾の少し開いたところから覗いて現われ、慌てた清少納言に「すっかりお顔を見てしまいましたよ」と言ったのです。当時は、夫や肉親以外の男性に、女性が顔を見せることはありませんでしたが、周囲も認める親しい仲の行成が、遠慮なく言うには、「女の人は寝起きの顔がとてもいい」と聞いているので、別の女性の局(つぼね)を覗いた後、「あなたの顔が見られるかも」と思って、やって来たとのこと。それからは、彼女の局の簾の中に入るようになったそうです。

藤原行成は能書家で知られ、藤原道長の信任を得た側近のような存在でした。『小倉百人一首』にも選ばれた清少納言の有名な次の和歌は、別の折に、藤原行成に対して詠まれたものです。第二句が『小倉百人一首』と一字だけ違います。

夜をこめて鳥のそらねにはかるともよに逢坂の関はゆるさじ　(『後拾遺和歌集』)

男に顔を見られる女と言えば、見苦しい容姿をこっそり見た男に、女が恥ずかしさで死んでしまいたいと詠んで贈った歌が『後撰和歌集』に載っています。

女たちの恋の激情

恋の歌については次の章で改めて触れますが、逢ってもらえなければ死んでやる、とか何とか、男は古典和歌の世界では恋心を必死で訴えますし、更に女も恋の激情では決して負けてはいません。たとえば、平安時代の伝説的歌人・小野小町が、夜着を裏返して寝ると夢に想い人が現われる、という当時の俗信にすがって詠んだ歌。

いとせめて恋しき時はむばたまの夜の衣を返してぞ着る　(『古今和歌集』)

あの人がどうしようもなく恋しくてたまらない時は、夜の衣を裏返しに着て寝るんです。恋人を狂おしいほど恋い慕う女の性愛が、素直に詠まれているように思えます。平安時代中期の恋多き女流歌人・和泉式部が、恋人に熱い想いを伝えるもどかしさを詠んだ次の歌も、魂の底からの叫びのように聞こえます。

ともかくも言はばなべてになりぬべし音（ね）に泣きてこそ見すべかりけれ

（『和泉式部集』）

あれこれ言葉にして言っても、どうせ通り一遍のありふれたものになってしまう。声をあげて泣いて見せなければ、本当の想いは伝わらない……というのです。

「はや死ねかし」（早く死になさいよ）と女が返事

「逢ってもらえなければ死ぬ」とか、男が口先で激しく求愛する、などと前述しましたが、どうしても逢ってくれない女に「死ぬべし」（もう死にそうです）と訴えて、「はや死ねかし」（早く死になさいよ）という返事をもらった気の毒な男もいます。それでもあきらめ切れなかったのか、男はまた「どうせなら、あなたと一緒に池に身を投げたとでも、世間に聞かせたいものだ」という趣旨の返し歌を女に贈りました。

「はや死ねかし」なんて薄情な返事でも、とにかく言葉で答えてくれただけ、まだましだったかもしれません。女に初めて手紙を贈ったところ、返事(かえりごと)はなくて白紙の紙だけが送られて来た、という男もいるのです。めげずに彼は「お手紙を見て、うまく行くのではないかと期待する気持ちが強くなった」という内容の和歌を女に贈っています。

更に彼は、撫子(なでしこ)の花に次のような歌を添えて贈りました。撫子は常夏(とこなつ)と呼ばれ、夏は長く咲くので、歌の中の「かれせぬ」(かれない)は、「枯(か)れない」と(男女が)「離(か)れない」を意味しています。

置く露のかかる物とは思へどもかれせぬ物はなでしこの花　(『後撰和歌集』)

これに対して女からようやく返歌が届きます。かれないと言っても、常夏だからせいぜい夏の間だけのこと。年中色の変わらぬ常盤ではないから、あなたの気持ちはあてにならない、という内容ですが、とにかく返事が来たのです。しつこく迫った甲斐がありました。

3 「何でもあり」の古典和歌

もちろん王朝和歌は恋の歌だけではなく、春夏秋冬の四季をめぐる歌は、恋の歌と並んで「勅撰(ちょくせん)和歌集」（天皇・上皇の下命で編纂された和歌集）のきわめて重要な柱になっていますし、日常のお付き合いや旅立ちの送別、お祝いやお悔やみ、冠婚葬祭など、多くの場面で和歌は詠まれて来ました。老いや不遇の苦しみなどを歌う述懐歌(じゅっかいか)というジャンルもあり、自分はこんなに出世が遅れていると、お上(かみ)に愁訴する歌もあります。

そして、古典和歌は掛詞(かけことば)や縁語(えんご)、見立て、枕詞(まくらことば)や序詞(じょことば)、本歌取(ほんかど)りなどの修辞（レトリック）を用い、霞がたなびくことで春の訪れを知り、風の気配に秋を感じる、などといった伝統的な美意識の型に即して詠まれていました。

歌の詠まれ方は贈答歌や独詠歌のほか、歌合(うたあわ)せや歌会の歌、屏風絵の主題に合わせて詠んだ歌など実に様々です。また、詠歌に執心した人たちの悲喜劇や、和歌で得をした歌徳の説話など、和歌が長い間詠まれ続けるうちに生まれた面白おかしい部分もいっぱいあります。これから平安王朝を中心に、時代の流れに沿って、和歌の素晴らしい伝統を踏まえながら、歌詠みたちのかもす楽しい側面を見て行きたいと思います。まず、恋の歌を取り上げたいのですが、その前に、先に述べた「述懐歌」のことに少しだけ触れさせて下さい。ついでに薄気味の悪い話も少々……。

お上に不遇を訴える和歌

述懐歌の例を挙げますと、たとえば大江千里が天皇に不遇を訴えた「春の宮花は咲くとも谷寒み埋る草は光をも見ず」という和歌があります。春の宮中に花は咲いても、谷は寒いので埋もれた草には光が見えません……。埋もれた草とは不遇な我が身を指しており、天皇の恩恵に浴して昇進したいと必死でアピールしているわけですが、和歌で不遇を訴えるのは少しも見苦しいことではなく、上からもそれなりに対応されていたようで、実際に昇進を果たした例も幾つかあります。

平家討伐に挙兵して敗れた平安時代末期の武将歌人・源頼政は、内裏守護番を務めていた頃、皇居の中にいながらも昇殿を許されない我が身を嘆いて和歌を詠みました。

人知れぬ大内山の山守は木隠れてのみ月を見るかな　（『千載和歌集』）

内裏を警護している私は、いつも物蔭から人知れず帝を拝するばかりでございます……という意味を含ませたこの歌で想いを訴え、頼政は覚えめでたく清涼殿昇殿を許されました。晴れて殿上人になったのです。

それでも更に公卿になることを望んだ頼政は、位階が現在の四位から三位に上がるよう願って、又しても述懐の和歌を詠みます。三位以上で公卿になれるのです。

のぼるべきたよりなき身は木のもとにしゐを拾ひて世を渡るかな　（『平家物語』）

木に登る（上の位に昇る）すべもない私は、木の下で椎（四位）の実を拾って世を過ごしております。この歌が平清盛の目に留まり、従三位に推挙されたと言われています。頼政は和歌のお陰で、とうとう公卿に列せられたわけです。七十四歳の頃でした。上に対して愚痴をこぼしても、和歌によるものなら、不満を汲み取ってもらえるのですから、これは和歌の魔力と言ってよいのではないでしょうか。

こうした述懐歌の効用を現代にたとえるなら、職場で正当に評価されないことに不満を抱き、不遇からの救済を願う和歌を詠んでトップに送ったところ、その詠みぶりが実に見事だと感心されて昇進がかなった、といったふうになりましょうか。

「世の中を気楽に暮らせ」という天皇の述懐

また、帝王が心置きなく想いを述べられるのも和歌の特質であり、和歌の中では天皇・上皇はとても率直に真情を吐露して来ました。平安王朝ではありませんが、江戸時代初期の後水尾（ごみずのお）天皇の、次のような御製（ぎょせい）はどうでしょうか（御製は天皇の詠んだ和歌）。

世の中を気楽に暮らせ何事も思へば思ふ思はねばこそ

世の中はあれこれ気にせず気楽に暮らしなさい。どんなことでも考え込んだら心配になってしまうが、何も思わなければ安気に暮らせるものだ……と、自身に言い聞かせるような詠みぶりです。江戸幕府との確執に心を煩わせることの多かった天皇の、やるせない述懐だったのかもしれません。

帝王の率直な真情と言えば、天皇には愛情あふれる恋心を詠んだ多くの和歌があります。

平安時代の村上天皇は「天暦の治」で聖代と称えられた人ですが、后妃たちとの贈答歌では、とても純真な恋心が詠まれており、たとえば、斎宮女御が入内した後、このような後朝の歌を贈っています。

思へどもなほあやしきは逢ふことのなかりし昔なに思ひけん（『玉葉和歌集』）

あなたと逢うことのなかった昔は、いったい何を思って過ごしていたのか、いくら考えても不思議でならない。逢った後の今は、あなたが恋しくて他のことは何も頭に浮かばない、というわけです。何だか女々しいほど無邪気ですね。後に触れますが、後朝の歌は男女が契りを結んだ翌朝、男から女に贈る和歌です。

こうした天皇の恋歌の伝統は、明治天皇の明治時代初期の和歌が、（発表された歌としては）最後になったようです。

死者も和歌を詠んだ

ところで少し気味の悪い話になりますが、生きている者だけではなく、何と死者も和歌を詠んだということです。平安時代中期の公家歌人・藤原義孝は死ぬ間際、読経が終わるまでは北枕にしないでくれと妹に頼みました。有難い読経で三途(さんず)の川から戻れるかもしれないと思ったからですが、遺族が言われた通りにしなかったので、母の夢に亡者の義孝が現われ、あれだけ約束したのに私が三途の川から引き返すまでに忘れてしまってよいものか、という恨みがましい和歌を詠んでいます。義孝は美男子の優れた歌人でしたが、二十一歳で亡くなりました。

しかばかり契りしものを渡り川帰るほどには忘るべしやは　（『後拾遺和歌集』）

この歌は『後拾遺和歌集』という勅撰和歌集に載っており、平安時代後期の歌学書『袋草紙(ふくろそうし)』は「亡者の歌」として取り上げています。

もう少し脱線を許して頂けるなら、死にながら詠んだ歌というのもあります。藤原道長のライバルだった藤原伊周(これちか)は、清少納言の仕えた一条天皇皇后定子(ていし)の兄ですが、彼の屋敷で人が突然、瀕死状態になって、大騒ぎになりました。死の穢(けが)れを恐れる当時の常識では、このまま邸内で死なれては大変です。危篤の人物はすぐ戸板に載せて門外にかつぎ出され、大路の路傍に置き去りにされます。病人が路上に放置されて死んでゆくのは、別に珍しいことではありませんでした。

瀕死の彼は道端の草葉の露に触れて一時的に意識を取り戻し、時鳥（ほととぎす）の鳴き声を聞いて歌を詠んだと、平安時代後期の歌論書『俊頼髄脳（としよりずいのう）』にあります。

草の葉に門出はしたりほととぎす死出（しで）の山路（やまじ）もかくや露けき　（『俊頼髄脳』）

草葉のもとで私は門出をしたんだな。時鳥よ、これから行く死出の山路もこんなに露っぽいのだろうか。最期（さいご）の歌を死につつ詠んだというわけで、この歌は『金葉和歌集』という勅撰和歌集に収められています。

日本語を知らない外国人も詠んだ

死にながら詠んだと言えば、紫式部の弟・藤原惟規（のぶのり）が臨終の際に歌を詠んだのですが、「みやこには恋しき人のあまたあればなほこのたびはいかむとぞ思ふ」と筆で紙に書こうとしたものの、最後の文字「ふ」を書けずに息絶え、看病していた父が代わりに書いてやった、という痛ましい話もあります。更に死者に関わる和歌では、前出の『袋草紙』に「百鬼夜行に遭遇したら唱える歌」と並べて「夜道で死人に出逢った時の歌」「人魂を見た時の歌」などの和歌が「亡者の歌」と共に記されています。

また、和歌を詠むのは日本人だけではなく、日本語をまったく知らない外国人が和歌を作ったという話もあります。聖武天皇の時代、東大寺の大仏開眼供養のためにインドから来たバラモン僧正を、高僧・行基が難波の岸で出迎えて和歌を詠みかけたら、バラモン僧正が日本語で和歌を詠んで返歌したというのです。藤原定家の父・藤原俊成の『古来風躰抄』など、多くの文献にある記事ですが、もちろん説話として理解すべきことでしょう。とにかく古典和歌、王朝和歌は面白い。その楽しさを、さあ、これから一緒に味わって行きましょう。

第二章　恋歌の雅な世界

1　王朝社会の恋の歌

業平がちらっと見た女に恋歌を

王朝社会のみやびと言えば、やはり恋歌が思い浮かびます。前に述べたように『小倉百人一首』も半数近くが恋の歌です。前章でも少し触れましたが、平安貴族たちの恋の様子をこれから眺めて行きましょう。

『古今和歌集』の恋歌は、恋愛の始まりから終わりまで、さながら恋物語が進むように歌が連なってゆきます。ひそかに思う片恋↓逢えない歎き↓噂だけ先立つ悩み↓恋の成就↓心変わりへの不安↓遠ざかる恋人への未練↓恋の破綻……といった具合ですが、以後の勅撰和歌集もこうした展開で恋歌を並べています。

さて、前章で見たように、和歌を贈られたら和歌で返事をするのが日常の作法で、恋愛にも和歌の贈答は欠かせませんでした。まずは在原業平（ありわらのなりひら）がチラ見（み）をした話です。牛車（ぎっしゃ）の中にいた女性の顔が、下簾（したすだれ）の隙間からちらりと見えたので、業平は和歌を詠みました。

見ずもあらず見もせぬ人の恋しくはあやなく今日やながめ暮さむ　（『伊勢物語』）

お顔をまったく見なかったわけじゃないし、はっきり見たのでもない。そんなあなたが恋しくて、わけもなく今日は、ぼんやり物思いにふけって暮らすのでしょうか。この歌を贈ったら、相手の女から返歌があって、その後、二人は逢うような仲になったということです。紀貫之（きのつらゆき）も、ちらりと見た女性に、一目ぼれの和歌を贈っています。

山ざくら霞の間（ま）よりほのかにも見てし人こそ恋しかりけれ　（『古今和歌集』）

きれいな山桜が霞の間からほのかに見えるように、お姿をほのかに見たあなたのことを、とても恋しく思っています。花摘みをしているところで女性を見かけ、後から和歌を詠んで家に贈ったのでした。

男はひたすら低姿勢で求愛

ちらっと見て一目ぼれした相手だけでなく、噂を聞いただけで見たこともない女性に求愛の歌を贈るのも、ごく普通のアプローチでした。女性に仕える女房などから伝わる噂で、相手の容姿や家柄、教養といった情報を得て、時には「垣間見(かいまみ)」と呼ばれる覗き見を垣根の隙間からすることもありました。

男から和歌を贈られても、女は初めは無視して返事をしません。返事がなくても男はめげずに手紙を送り、そのうち女の侍女(じじょ)が代筆した手紙が届いたりしますが、何とか相手に認められたら、ようやく本人の自筆の返信が届くようになります。男の気持ちに冷水を浴びせるようなつれない返事ですが、とにかく二人のやりとりが始まり、男はひたすら低姿勢で熱っぽく求愛します。

女は和歌の贈答を通して、相手の気持ちが本気かどうか探ったり、筆跡や紙の質から、教養やセンスを推しはかったり、侍女が得た情報で、男の家柄や将来性の値踏みをしたりします。

女の冷たい態度に苦しむ男たち

男はぜひ逢いたいと強く訴えますが、門の前まで行って歌を贈ってても入れてはもらえず、あきらめて帰るだけ……などと、対面は容易ではありませんでした。女の冷たい態度は様々で、男はままならぬ恋に嘆きます。

いかにせむ命は限りあるものを恋は忘れず人はつれなし　（『拾遺和歌集』）

一体どうしようか、もうどうしようもない。命には限りがあるのに、恋の思いは忘れられないし、あの人は薄情だし……。中には、長年つき合いのあった男に「もう忘れて下さい」と言ったところ、男が別の女と親しくなり、音沙汰がなくなってうろたえた、という女もいます。女はあわててその男に和歌を贈りました。

忘れねと言ひしにかなふ君なれどとはぬはつらき物にぞありける　（『後撰和歌集』）

忘れて下さいねって言ったのを、聞き届けて頂いたのはいいんだけど、やはり何にもお便りがないのは、つれないことですよ。冷たくあしらったら、男が本当に自分をあきらめたので、いい気になり過ぎたと悔やんだのでしょう。現代でも似たようなケースはありそうですね。

最初から両想いのカップルも

時には、男の求愛を女が最初から受け入れるケースもあったようです。源信明（さねあきら）という貴族が女流歌人の中務（なかつかさ）に恋の歌を贈りました。

恋しさは同じ心にあらずとも今夜（こよい）の月を君見ざらめや　（『拾遺和歌集』）

恋しく思う気持ちは私と同じではないだろうけど、今夜の月をあなたも私と同じように見ていますよね。あの人はこちらが慕うほど思ってくれてはいないが、相思相愛でなくても、あの人と同じように美しい月を眺めているだけで、満ち足りた気分になれる……という男の純朴な気持ちです。これに対して中務が返し歌をします。

さやかにも見るべき月を我はただ涙に曇る折ぞ多かる　（『拾遺和歌集』）

はっきり見えるはずの月なのに、あなたを慕う涙で曇ることが多くて……。涙で月がよく見えないというのです。自分もあなたと同じように恋い慕っている、と素直に答えた女の恋歌です。両想いだったのですね。中務は多くの公達（きんだち）に愛され、源信明とも深い関係を持ったようです。

在原業平が恋歌の代作をしたところ

ところで、先ほど侍女が主人の代筆することを書きましたが、主人が侍女の代作をするエピソードもあります。

秋来（き）ぬと目にはさやかに見えねども風の音にぞおどろかれぬる　（『古今和歌集』）

『古今和歌集』に載る有名なこの歌の作者・藤原敏行は平安時代前期の公家歌人ですが、在原業平の屋敷にいた侍女に手紙で求愛したことがありました。でも、受け取った女は年少で、返事をどう書けばいいか分からないし、和歌も詠めません。

そこで、業平が下書きを書いて侍女に手紙を書かせて送ったら、敏行は返事の出来ばえに感服して和歌を贈って来ました。その返し歌を業平が代作して侍女に贈らせると、敏行は女が秀歌を返して来たことに感嘆しますが、実は在原業平が詠んだのだから当然だったでしょう。

その後、二人は結ばれますが、ある時、敏行が女に「今からあなたのところに行きたいんだけど、今にも雨が降って来そうだから迷ってるんだ」という内容の手紙をよこします。平安京の中でも貴族たちが暮らすエリアはそんなに広くなく、二人のいる場所も遠くないので、空模様は同じだったのでしょう。またしても業平がいたずら心で、敏行への返事の歌を代作して女に贈らせます。

かずかずに思ひ思はず問ひがたみ身を知る雨は降りぞまされる　（『古今和歌集』）

あなたが私のことをどれくらいに思ってくれてるのか、この雨を見ればよく分かりますよね。私の涙と同じように、どんどん降りつのってるわ……といった趣旨の和歌に敏行は驚き、蓑(みの)や笠をつける余裕もなく、びしょ濡れになって、すっ飛んで来たということです。あなたの愛情が嘘でなければ、どんなに雨が降っても会いに来てくれるはずだと、敏行は業平代作の和歌で問われたわけです。

和泉式部のオフィスラブ

業平の代作のことを述べましたが、代作と言えば、和泉式部は男のために和歌を代作しています。ある男が若い女に恋い慕う和歌を贈っても、相手は返事もよこしません。そこで、和泉式部が男に代わって、女に贈る歌を詠んでやりました。

跡をだに草のはつかに見てしがな結ぶばかりのほどならずとも　(『新古今和歌集』)

せめて筆跡だけでも、ほんの少しだけ見せて頂けないでしょうか。契りを結ぶとか、それほどのことでなくても……。和泉式部は男の立場に立って、女に対する気持ちを和歌に詠むことの出来る人だったようです。和泉式部の和歌が出たついでに、彼女の話をもう少し続けます。

和泉式部が同じところで宮仕えをしている男と付き合っていた時のことです。男からまったくプライベートな音沙汰がなくなってしまい、職場ではいつも姿は見えているので、これは大変辛いことでした。オフィスラブでの悩ましい気持ちを、和泉式部はこんなふうに詠みました。

いくかへりつらしと人をみくまののうらめしながら恋しかるらむ（『詞花和歌集』）

あの人の姿を、恨めしいと思いながら何度も見て来たのに、どうして憎らしいのと同時に恋しく思うのかしら……。和歌の中の「いくかへり」は「うら（浦）」の縁語ですが、愛する男が職場を行き帰りする姿も表わしているようです。和泉式部はどんなにか、心を乱して見ていたことでしょう。オフィスラブの愛憎は、今も王朝時代も変わらないのでしょうか。

小野小町の逢瀬の歌

さて、話を恋愛のプロセスに戻したいと思います。和歌の贈答で何とか男女が逢えるところまで行き着くと、恋の成就はどう詠まれたでしょうか。小野小町の逢瀬の歌です。

秋の夜も名のみなりけり逢ふといへばことぞともなく明けぬるものを
（『古今和歌集』）

秋の夜は長いなんて言われてるけど、愛する人と逢うとなったら、あっという間に明けてしまうんだものね……。「ついに逢えた」という歓喜の歌ではなく、一緒に過ごせる時間があっけなく過ぎてゆくのを悲しんだり、また逢えるまで待つのが辛い、と詠んだりするのが王朝和歌の世界でした。『小倉百人一首』にも選ばれた、藤原敦忠(あつただ)の有名な和歌が思い浮かびます。

逢ひ見ての後の心にくらぶれば昔は物も思はざりけり　（『拾遺和歌集』）

逢瀬を遂げた後の今のこの思いに比べたら、逢う前なんて何も思わなかったようなものだったなあ……。恋人と逢った後は、益々恋慕の情が募って抑えきれず、かえって苦しくなる、という切なさを詠んでいますが、この歌も先の小町の歌も、どこか幸福感が漂っているように思えます。

男女の後朝（きぬぎぬ）の別れ

恋愛のプロセスとしては、逢瀬で契りを交わした後は「後朝（きぬぎぬ）の別れ」になります。二人の衣をかけて共寝をした男女が、翌朝それぞれの衣を身に着けて別れ、男は帰宅後、和歌を添えた手紙を贈ります。これを送らなければ「もう会わない」と言っているようなもので、一夜を共にした女への大切なマナーでした。現代なら、男女の仲になった翌朝、必ずメールを送るということでしょうか。次の歌は女に逢った翌日、男が贈ったものです。

ほどもなく恋ふる心はなになれや知らでだにこそ年は経にしか　（『後拾遺和歌集』）

お会いして間もないのに、恋しくてたまらないこの気持ちは、一体何なんでしょうか。今まであなたのことは知らず、何年も過ごして来たというのに……。
やはり後朝の歌と言えば、『小倉百人一首』に選ばれた藤原義孝のこの和歌でしょうか。

君がため惜しからざりし命さへ長くもがなと思ひけるかな（『後拾遺和歌集』）

あなたのためなら惜しくはなかった命ですが、こうしてお逢いした後は、長く生きたいと思うようになりました。
平安時代は一夫多妻制で、男が女のところに通う「通い婚」の時代でした。男が再び来るかどうかは、女にとって切実な課題です。男はまた逢うことを誓い、女はそれを頼みにするのです。結婚について言えば、三日続けて男が女のもとに通い、三日目の夜に餅を食べ、翌日「露顕（ところあらわし）の儀」という披露宴を行うことで、婚姻が成立します。

共寝しないで帰った男が翌朝、恋心を

ちょっと脱線しますが、和泉式部と一晩中親しく語らって、結局それ以上のことをせずに帰った男が、翌朝になって恋心を訴えて来たので、和泉式部がからかうような歌を贈った、ということがありました。

今朝はしも歎きもすらむいたづらに春の夜ひと夜夢をだに見で

（『新古今和歌集』）

今朝はさぞお嘆きになってることでしょうね。むなしく春の夜を一晩中過ごして、夢さえ見なかったんですものね……。この歌の「夢」は男女の契りを意味しています。共寝をしなかったということですね。友だち以上、恋人未満だったのでしょうか。

脱線が続きますが、女から男に和歌で積極的にアプローチしたケースもあります。

ためしあればながめはそれと知りながらおぼつかなきは心なりけり

（『新古今和歌集』）

この章の冒頭で在原業平が牛車の女に「見ずもあらず見もせぬ人の恋しくは……」とい

う和歌を贈った話をしましたが、それを踏まえた女の贈歌です。牛車の中にいた女が、昔の業平の前例があるので、あなたが恋心でこちらを見ているのは分かるけど、気になるのはあなたの本心だ、と男に詠みかけたのです。

また、男女の間で根も葉もない噂が立つのは困りものですが、女の方から男に、いっそ噂を本物にしましょう、と誘う和歌を贈ったこともありました。

よし思へ海人（あま）のひろはぬうつせ貝むなしき名をば立つべしや君　（『大和物語』）

二人の間に恋愛なんてないのに、あらぬ噂が立つだけではアホらしい、どうせならこの際、本当に私を愛して下さいな、というわけです。人生いろいろ、女だっていろいろ……でしょうか。

紀貫之が妻の友だちに言い寄る

『古今和歌集』の撰者・紀貫之が、妻の友だちに言い寄ったこともあります。ある日、貫之の妻が宮仕えの同僚女性と一緒に、牛車で貫之の家に着いた後、その友人をもてなす準備で、妻が先に車を降りて家に入りました。貫之は車に残った女性に前から魅かれていたので、この隙にと和歌を詠んで渡したのです。

波にのみぬれつるものを吹く風のたよりうれしき海人の釣舟　（『貫之集』）

思いがけない風のおかげで海人の釣舟が近寄って来たように、あなたにお逢いできて嬉しい、と想いを告げたわけです。歌人・紀貫之のキャリアについては、後の章で改めて触れたいと思います。

女性同士の恋歌も

恋愛のプロセスからもう少し寄り道を続けますが、時には女同士の恋心と思えるような和歌の贈答も目に触れます。平安時代中期の宮廷女房の伊勢と一条の間で、こんなやりとりがありました。伊勢が一条に、とても恋しく思ってる、という手紙をよこして来たので、一条が鬼のような顔を描いて、和歌を添えて贈りました。

恋しくは影をだに見て慰めよ我がうちとけてしのぶ顔なり　（『後撰和歌集』）

私が恋しいのなら、この絵を見て気持ちを慰めて下さい。うちとけてあなたを偲んでる時の私って、こんなに怖い顔なんです。これを見たら、思い浮かべるのも嫌になるはずよね。私のことは忘れたほうがいい、なんて言っているふうですが、これに対して伊勢が返歌をしました。

影見ればいとど心ぞ惑はるる近からぬ気（け）のうときなりけり　（『後撰和歌集』）

この絵を見ると、あなたがいっそう恋しくなって心が惑います……やはりどうしてもお逢いしたい、と言うのです。ちなみに伊勢は宇多天皇や親王、貴公子たちに愛されて子を産んでおり、勅撰和歌集に多くの和歌を選ばれている高名な歌人です。一条も親王の娘と言われていて、後に壱岐守と結婚しています。

2　逢瀬の後の男女

男女の立場が逆転

さて、恋愛のプロセスに話を戻しましょう。逢瀬を過ぎると、女の高姿勢・男の低姿勢が逆転します。以下の歌のように、女は男の訪れを待ち続ける立場になるのです。

はるばると野中に見ゆる忘れ水たえまたえまをなげくころかな

（『後拾遺和歌集』）

野中を人に知られず途切れ途切れに流れる忘れ水のように、あなたの訪れが途絶えがちなのを嘆いています……。「忘れ水」という雅な「歌ことば」が美しく響きますね。

契りしにあらぬつらさも逢ふことのなきにはえこそ恨みざりけれ

（『後拾遺和歌集』）

あなたとは契り合った仲なのに、約束通りでなくて辛い思いをしています。でも、あなたと逢えないのだから、恨み言さえ言えないんだわ。この歌の詞書（ことばがき）に「心変りたる人のもとにつかはしける」とあります。「詞書」とは和歌の前に置かれ、その歌の詠まれた事情を記したものです。

男のつれなさを嘆くことは、他にもこんなふうに詠まれています。

たが袖に君重ぬらんからころもよなよなわれに片敷（かたし）かせつつ　（『後拾遺和歌集』）

あなたはいったいどなたの袖に、衣の袖を重ねてるのでしょうか。夜ごと私には、袖を片敷かせておいて……。袖と袖を重ねるのは共寝を、袖を片敷くのは独り寝を意味しています。男が他の女に心を移したのを憂えているのです。

はたして自分を捨てた男への純愛か？

『小倉百人一首』に選ばれた次の和歌は、自分を捨てた男への純愛を詠んでいるのが印象的ですが、どう読むかは何とも微妙です。

忘らるる身をば思はず誓ひてし人の命の惜しくもあるかな（『拾遺和歌集』）

あなたに忘れられてゆく我が身をつらいとは思っていません。でも、私への愛を神に誓ったあなたが罰を受けて命をなくさないか、とても心配です。神の前で永遠の愛を誓った男への歌。返歌はなかったようです。作者の右近は宮中の女房で、相手の藤原敦忠は、菅原道真を讒言で左遷させた藤原時平の息子です。

敦忠は和歌・管弦に優れた美男の貴公子で、女性遍歴も華やかでした。優れた恋歌を残しており、すでに触れた『小倉百人一首』収載歌「逢ひ見ての後の心にくらぶれば……」の作者でもあります。敦忠が三十八歳の若さで死んだのは、父・時平が大宰府に流した道真の祟りだと噂されましたが、右近が「忘らるる身をば……」の和歌で詠んだ神罰によるもの、と見る向きもあったようです。

ただ、その右近も多くの男たちと浮名を流した恋多き女性でした。自分を振った敦忠の身をひたすら気づかって、命を惜しんでやるほど純情だったかな、という気もします。「きっと神罰で死ぬことになるわよ。残念ね、お気の毒さま」なんて嫌味を含んだ和歌だとすれば、ちょっと怖くなりますね。

薄情な男に手紙をまとめて返す

先に述べたように、平安貴族の世界は「通い婚」の時代で、夫婦は同居せず、夫が妻の家を訪ねます。婚姻届があるわけでもなく、男が通って来なくなれば、実質的にはそれで離婚ということになるわけですが、『古今和歌集』に、こんな事情の和歌が載っています。後宮の女官だった藤原因香（よるか）のところに、右大臣が通っていたのですが、まったく来なくなってしまいます。因香はこれまで右大臣から贈られて来た手紙をまとめて返し、次のような和歌を添えました。

たのめ来（こ）し言の葉今は返してむ我が身ふるれば置きどころなし　（『古今和歌集』）

これまで私を期待させて来たあなたの手紙を、お返ししましょう。もう年老いてしまったので、私の身も手紙も、置きどころがありませんからね。これに対して、右大臣から返歌が届きます。

今はとて返す言の葉拾ひおきておのがものから形見とや見む　（『古今和歌集』）

「今はもうこれまで」といってお返し下さった手紙を集めて、自分が書いたものではあるけど、あなたを思い出す形見にいたしましょうか。右大臣にはもう、よりを戻そうという気持ちはないようですね。

『蜻蛉日記』作者の夫はプレイボーイ

夫が妻の家を訪れる「通い婚」では、夫が他の女のところに行って、訪れが途絶えるのはつらいもの。『蜻蛉日記』の作者・藤原道綱の母の、『小倉百人一首』で有名なこの和歌も、そんな想いが詠まれています。夫の藤原兼家が久しぶりに来た時、日頃の女たらしが不愉快で、門を開けないでいると、他の女のところに行ってしまったので、翌朝、菊の花を添えて、夫に贈った歌でした。

嘆きつつ独り寝る夜の明くる間はいかに久しきものとかは知る　（『蜻蛉日記』）

嘆きながら独り寝する夜が明けるまでが、どんなに長いものか、あなたはご存じですか。いいえ、知るわけないわよね。

兼家は藤原道長の父ですが、道長の母は道綱の母とは別の女性です。兼家の正室・藤原時姫（ときひめ）で、道綱の母は『蜻蛉日記』でライバル意識をちらつかせています。兼家はなかなかのプレイボーイで、道綱の母を悩ませましたが、ただの遊び人ではありません。花山（かざん）天皇を謀略で退位させ、外孫の一条天皇を即位させて摂政となるなど、権謀術数の大変な政治家でした。後の藤原道長の栄華を導いたとも言える人です。王朝社会で女たちと雅な情を交わす貴族たちは、決してヒマに生きていたわけではないのです。

風流と好色の法皇

兼家の謀略で出家して退位した花山天皇はというと、比叡山や熊野、西国三十三所巡礼などで、仏道修行に励みますが、その後、帰京してからは好色にふけり、色恋沙汰で内大臣・藤原伊周（これちか）に襲撃されるというアクシデントに遭いました。花山法皇を恋敵だと誤解した伊周が弟の隆家と共に、法皇に矢を射かけるという不敬事件を起こしたのです。藤原道長の最大のライバルだった伊周は、大宰府に配流（はいる）となり（隆家は出雲配流）、政敵・道長に敗北したのですから、後の道長時代の到来に、花山法皇もこの一件で関わったことになりましょうか。

花山法皇は風流を好み、絵画や造園、建築などに造詣が深く、また、歌合せや歌会を催すなど、和歌を愛好した歌人でした。第三代勅撰集『拾遺和歌集』は、花山法皇の親撰で成立したと言われています。エピソードの多い人で、その中には、即位式の時、高御座（たかみくら）（天皇の玉座）の帳（とばり）をかかげる女官が進んで来たので、彼女を高御座の内に引き込んで犯した、という伝えもあります。十七歳の時でした。鎌倉時代初期の説話集『古事談（こじだん）』には「引き入れしめ給ひて忽ち（たちま）以て配偶（性交）す」と書かれています。

下のヘアーを詠んだ和歌も？

紫式部や和泉式部と宮仕えの同僚だった赤染衛門（あかぞめえもん）も、夫の大江匡衡（おおえのまさひら）に心移りを皮肉る歌を贈っています。匡衡が伏見稲荷の禰宜（ねぎ）（神職）の娘と懇ろ（ねんご）な男女の仲になったので、匡衡が禰宜の家に行っている時、和歌を送りつけたのです。

我が宿の松はしるしも無かりけり杉叢ならば尋ね来なまし（『今昔物語集』）

いくらお待ちしても、我が家の松にはあなたを引きつける力はないようですね。でも、いとしい人のいる稲荷の杉叢だったら、訪ねて来られるでしょうに……。

匡衡はこの歌を見て恥ずかしくなったのか、赤染のところにまた通うようになり、禰宜の娘のところに行くのはやめた、と『今昔物語集』にありますが、赤染衛門の和歌は、「松」と「杉叢」に局部のヘアーをなぞらえた、という見方もできそうです。自分と相手の女の恥毛の多さを比べるような嫌味を言ったというわけです。

3　在原業平の雅な恋

伊勢斎宮との禁断の恋

在原業平の歌はこれまでもお話ししましたが、次の章で紫式部や和泉式部、清少納言など後宮女房を取り上げますので、ここで改めて業平の恋歌に触れたいと思います。

業平の恋歌と言えば、二条后・藤原高子への想いを込めた歌が、まず思い浮かびます。

月やあらぬ春や昔の春ならぬわが身一つはもとの身にして　（『古今和歌集』）

後に清和天皇の女御となって、陽成天皇を生み、国母となる高子への恋心を詠んだ絶唱ですが、『伊勢物語』に描かれた伊勢斎宮（さいぐう）との恋も、劇的なラブストーリーの展開になっています。以下のような話です。

業平が勅使として伊勢の斎宮を訪れた時、斎宮の恬子（やすこ）内親王がたいそう手厚くもてなしてくれました。斎宮は未婚の皇女から選ばれて伊勢神宮に奉仕する女性です。そんな神聖な立場にある女性に心を惹かれた業平は、夜ぜひお逢いしたいと迫りました。まさに禁断の恋です。業平が夜、寝られないまま外を見やっていると、おぼろな月の光の中に、斎宮がそっと現れました。業平は嬉しくなって寝所に連れて入ります。ともに過ごして斎宮が帰った後、夜が明けて手紙が届き、和歌がしたためてありました。

君や来し我や行きけむ思ほえず夢かうつつか寝てか覚めてか　（『伊勢物語』）

あなたがいらっしゃったのか、それとも私が伺ったのか、何だかよく分かりません。いったいこれは夢だったのでしょうか、目覚めていたのでしょうか……。業平は泣きながら返し歌を詠んで斎宮に贈りました。

かきくらす心の闇にまどひにき夢うつつとは今宵さだめよ（『伊勢物語』）

私の心は真っ暗な闇となって惑い乱れておりました。夢なのか現実（うつつ）なのか、今宵おいでになってお決め下さい。

スリリングな歌のやりとり

業平は今夜また逢いたいと思っていましたが、斎宮寮長官を兼ねた国守から一晩中、酒宴でもてなされて、忍び逢うことが出来ず、翌朝出立する予定なので、悶々として苦しんでいると、夜が明けようとする頃、斎宮からメッセージが届きます。宴会に同席していた彼女から差し出された盃の皿に、歌の上の句だけがひそかに書いてあったのです。

かち人の渡れど濡れぬえにしあれば　（『伊勢物語』）

徒歩で渡っても濡れないくらい浅い河のように、あなたとは浅いご縁ですので……。この上の句に続ける下の句を、業平はたいまつの燃え残りの炭を使い、必死で盃の皿に書きつけました。

また逢坂の関は越えなむ　（『伊勢物語』）

人と人が逢うという逢坂の関を、私はまた越えて来て、あなたと再びお逢いします。「逢坂の関を越える」とは、男女の「逢瀬」を意味しています。紙も筆も使わず、盃と炭で、斎宮と緊迫したやりとりをした業平は、夜が明けると、尾張の国へと旅立って行くのでした。

なお、斎宮からの和歌への業平の返歌「かきくらす……」は、末尾の「今宵さだめよ」が『古今和歌集』では「世人（よひと）さだめよ」となっています。

かきくらす心の闇にまどひにき夢うつつとは世人さだめよ　（『古今和歌集』）

夢だったか現実（うつつ）だったか、それは世の中の人が決めて下さい……判断は世間にまかせましょう、というわけです。

王朝の貴種・在原業平

在原業平の父は平城（へいぜい）天皇の第一皇子で、母は桓武天皇の皇女です。父方でも母方でも天皇の孫になる高貴な血筋で、いわゆる貴種の人ですが、兄の行平（ゆきひら）たちと共に臣籍降下して在原氏を名乗りました。

一方、業平と親交のあった惟喬（これたか）親王は、文徳（もんとく）天皇第一皇子でありながら、母の出自のために、藤原氏の権勢に押されて皇太子になれなかった人です。不遇な境遇の似ている二人は、姻戚関係もあって、とても気の合う仲だったようです。

惟喬親王は淀川の近くに「渚の院」という別荘を持っており、そこの桜がとりわけ美しいというので、ある時、業平を含む親王たち一行が桜の木の下に集い、和歌を詠み合ったことがありました。その時、在原業平が詠んだのが有名なこの歌です。

世の中にたえて桜のなかりせば春の心はのどけからまし　（『伊勢物語』）

業平の歌を受けて、別の人はこう詠みました。

散ればこそいとど桜はめでたけれ憂き世になにか久しかるべき　（『伊勢物語』）

散るからこそ、いっそう桜の花は素晴らしいのです。こんなつらい世の中に、いつまでも変わらずにいることの出来るものなどありません。

出家した親王を洛北に訪ねる

恋の歌から離れましたが、業平の話をもう少し続けます。惟喬親王が出家したので、洛北・大原の小野の里に、正月、業平は親王を訪ねて行きますが、比叡山の麓なので、雪がたいそう高く積もっていました。親王は庵室で、することもなくぼんやりと悲しげな様子だったので、業平は昔のことなど思い出して話し、そのまま留まりたいと思いましたが、宮中の仕事があるのでそうは行かず、夕暮れの帰り際に和歌を詠み、涙ながらに帰京したのでした。

忘れては夢かとぞ思ふ思ひきや雪踏み分けて君を見むとは　（『伊勢物語』）

出家されたという現実を忘れて、夢ではないかという気がいたします。深い雪を踏み分けて、このような所でお目にかかろうとは、思ってもみませんでした。華やかに暮らしていた親王の今の姿を見て嘆いた歌です。これに対する惟喬親王の返し歌が、鎌倉時代の『新古今和歌集』に収められています。

夢かとも何か思はむ憂き世をば背かざりけむほどぞ悔しき　（『新古今和歌集』）

いったいどうして夢かなどと、思うだろうか。憂き世を背かなかった頃こそ、今更ながら悔やまれてならないのだ。

晩年の貴公子

晩年の業平に、弁の御息所（みやすどころ）という恋人がいました。業平が重い病を患いますが、人目を忍ぶ仲ですし、本妻のいるところに見舞いには行けません。こっそり手紙を出して安否を気遣う毎日でしたが、手紙を出さない日もありました。そんな彼女に、病状のかなり重くなった業平から和歌が届きます。

つれづれといとど心のわびしきにけふはとはずて暮してむとや　（『大和物語』）

やるせなくて、ひどく心がつらいのですが、今日は見舞いのお便りを下さらずに過ごすおつもりですか……といった苦し気な歌なので、彼女はうろたえて泣き騒ぎ、返事をしようとしていたら、亡くなったという知らせを聞いてしまいます。たいそう嘆き悲しんだということです。

その業平がいよいよ死にそうになって詠んだのが、「誰もが最後に行く道だと知ってはいたが、昨日今日のこととは思わなかった」という辞世の和歌でした。

つひにゆく道とはかねて聞きしかどきのふけふとは思はざりしを　（『伊勢物語』）

『伊勢物語』はこの歌を載せた最終段の直前に、次の和歌を記しています。

思ふこと言はでぞただにやみぬべき我と等しき人しなければ　（『伊勢物語』）

思うことは言わないで、そのまま黙っておこう。どうせ自分と同じ心の人なんて、いないのだから……。業平の歌だとすれば、辞世と合わせて読むと、色々考えさせられますね。

プレイボーイと絶世の美女

なお、プレイボーイと絶世の美女というイメージのせいか、業平には小野小町と関わる伝説があり、それは以下の通りです。業平が東国を旅していた時のこと。夜、野の中で和歌の上の句を詠じる声が聞こえて来ました。

秋風の吹くたびごとにあなめあなめ

秋風が吹くたびに、ああ、眼が痛い、ああ、眼が痛い……と言っているのです。声のする方を探って行っても人の姿はなく、髑髏(どくろ)が一つありました。翌朝、見ると、髑髏の眼の穴から薄(すすき)が生え出ています。風が吹くたびに、その薄がなびいて、そのように音がしていたのでした。

近くの人に尋ねたら、小野小町がこの土地に下(くだ)って来て死んでおり、髑髏はその小町のものだということです。業平は哀れに思い、涙ながらに歌の下の句を付けてやりました。

小野とは言はじすすき生ひけり

小野とは言うまい。ただ、薄が生えているだけだ。業平なりの弔いだったのでしょう。『古事談』や『無名抄』に見える説話です。

和歌には敬語表現がなかった

ここで少し横道にそれますが、こうした王朝和歌の表現には、『万葉集』の和歌と違って、ほとんど敬語が用いられませんでした。たとえば、天皇が一夜を共にして別れた後で贈った歌（後朝の歌）に、女が次のような返歌をした例があります。

まだ知らぬ露おく袖を思ひやれかごとばかりの床の涙に　（『千載和歌集』）

帝がご存じないほど涙に濡れている私の袖を思いやって下さい……などと詠んでいるのですが、やりとりの細かい内容はおくとして、天皇への返し歌なのに敬語が使われず、「思ひやれ」とまで言っており、他の男に贈る歌と変わりありません。とても愛情がこもっていて、決して失礼な歌ではないのですが、敬語を使わない作法から表面的には身分差が消えています。言葉の表現に限れば、和歌の下では誰もが対等に向き合える、ということでしょうか。このように、平安時代以降、和歌の中に敬語表現がほとんど見られないのは、ごく普通のことでした。

4　奈良時代の恋の歌

流罪になった男への激しい恋歌

さて、平安王朝の恋歌をたどって来ましたが、参考までに奈良時代と飛鳥時代の著名な相聞歌にも、ここで少し目を向けておきたいと思います。時代をさかのぼることになりますが、すぐに平安時代に戻りますのでお許し下さい。

奈良時代、流罪（るざい）になった男への狂おしい恋心を和歌に詠んだ女性がいます。都から越前に流されたのは中臣宅守（なかとみのやかもり）という男。女の狭野弟上娘子（さののおとがみおとめ）は後宮の下級女官でした。詳しいいきさつは不明ですが、男が女を娶（めと）ったことで流刑（るけい）が決まっていることから、あるいは禁断の恋だったとも考えられます。男が配流（はいる）先に出発する前、女が次のような歌を彼に贈りました。

君が行く道の長手（ながて）を繰（く）り畳（たた）ね焼き滅ぼさむ天（あめ）の火もがも　（『万葉集』）

あなたが行く長い道のりをたぐり寄せてたたみ、焼き尽くすような天の火があればいいのに……。流されて行く越前までの道をなくして、愛する人を都に留めておきたい、という激しくも切ない女の叫びです。その後、大赦があって都に帰った人が何人かいましたが、この時、中臣宅守は戻って来ませんでした。女の心は揺らぎます。

帰り来る人来れりと言ひしかばほとほと死にき君かと思ひて　（『万葉集』）

許されて帰って来た人がいると言うので、死にそうになるほど喜びました。てっきり、あなただと思ったものですから……。しかし、その中に中臣宅守の姿はなく、狭野弟上娘子はさぞ落胆したことでしょう。『万葉集』には二人のかわした六十三首の贈答歌が収められており、別離の悲しみの中で愛し合う男女の想いが偲ばれます。どうやら中臣宅守はその後、帰京を果たしたようです。

大伴家持への情熱的な恋歌

第一章の冒頭で、女性歌人・笠女郎が大伴家持に贈った二首の相聞歌に触れましたが、彼女は他にも情熱的な恋歌を年下の家持に贈っています。たとえば……。

思ひにし死にするものにあらませば千度(ちたび)そ我は死にかへらまし　（『万葉集』）

人が恋の想いに苦しんで死んでしまうものなら、私なんか千回も繰り返して死んでいることでしょう。

相思はぬ人を思ふは大寺の餓鬼の後(しりえ)に額(ぬか)つくごとし　（『万葉集』）

思ってもくれない人のことを思うなんて、大寺の餓鬼の像を後ろから、額を地につけて拝むようなものです。名門の貴公子への片思いの辛くて惨めな気持ち。とうとう家持をあきらめたのですね。

笠女郎が贈った恋歌二十四首に対して、大伴家持が答えた二首の歌の一つは次のようなものでした。

なかなかに黙もあらましを何すとか相見そめけむ遂げざらまくに　（『万葉集』）

いっそ、声をかけなければよかったのになあ。どうして逢い始めてしまったんだろう。どうせ思いを遂げられるわけじゃないのに……。最初に声をかけた出会いの時を悔やんでいるわけで、自分から誘っておきながら、逢瀬を重ねたことを嘆くとは、ずいぶん薄情な言い草ですが、青年期の家持の若さゆえ、ということでしょうか。

額田王・柿本人麻呂の相聞歌

『万葉集』の著名な恋歌をもう一首。額田王が天智天皇を想って詠んだ和歌です。

君待つと我が恋ひ居れば我がやどの簾動かし秋の風吹く　（『万葉集』）

あなたのおいでをお待ちして恋い慕っていると、我が家のすだれを動かして、秋の風が吹いて行きます。恋人を今か今かと待っていると、かすかな動きにもつい反応してしまう、という女心ですね。

『万葉集』の恋の歌を更にもう一首。柿本人麻呂（かきのもとのひとまろ）が石見国（いわみのくに）（島根県西部）から都に戻る時の和歌です。

笹の葉はみ山もさやにさやげども我は妹（いも）思ふ別れ来（き）ぬれば　（『万葉集』）

笹の葉は山全体がさやさやと風に吹かれているが、私は妻のことだけをひたすら思っている。別れて来てしまったので……。石見国に赴任していた人麻呂が、大和に帰る時、石見に残した現地妻を恋い偲んで詠んだ歌です。もう会えないかもしれない、という別離の悲しさが込められているようです。

残した妻への想いを熱情的に詠んだ「石見相聞歌」の長歌に添えられた反歌です。

第三章　華やかな後宮サロン

1　彰子の後宮サロン

一条天皇の後宮

平安王朝の話に戻ります。前出の赤染衛門が紫式部や和泉式部たちと仕えたのは一条天皇の中宮彰子で、彼女は藤原道長の娘です。ここで一条天皇の後宮について整理しておきたいと思います。

『蜻蛉日記』の作者の夫・藤原兼家は、謀略で花山天皇を退位させ、娘の詮子（せんし）が生んだ一条天皇を即位させて権力を握ります。兼家には詮子のほかに道隆、道兼、道長らの息子がおり、兼家の死後、長男・道隆が関白として権勢を振るいます。その道隆が一条天皇に入（じゅ）

内(だい)させて中宮にしたのが娘の定子(ていし)（後の皇后）でした。

中宮定子に仕えた清少納言の『枕草子』には、藤原道隆（中関白）の記述も見られます。まさに輝くばかりの中関白家(なかのかんぱくけ)の栄華でしたが、道隆の病死を契機に没落してゆき、定子も苦しい立場に追い込まれて行きます。

道隆の死後、道兼が関白になりますが、数日後に世を去り（七日関白）、道隆、道兼と兄たちが相次いで亡くなった後、藤原道長の最大のライバルは道隆の息子・伊周(これちか)でした。伊周は中宮定子の兄で、父・道隆なき後は弟の隆家と共に、定子にとってはとても大切な後ろ盾です。ところが、先に述べたように、伊周が花山法皇襲撃事件を起こして失脚してしまいます。定子や伊周、隆家の中関白家は没落して行き、道長は娘の彰子を一条天皇に入内させます。こうして定子・彰子の二人の后(きさき)が、一条天皇の後宮に並び立つことになりました。

彰子サロンの才女たち

一条天皇は漢詩や和歌に優れた人です。定子は一条天皇に寵愛されていましたが、定子に仕える女房たちの知的で華やいだサロンも、文芸に関心の深い一条天皇を惹きつけていました。筆頭はもちろん教養と機知に溢れた清少納言です。藤原道長は定子のサロンに対抗して、娘の彰子のそばに優秀な女房を集めようと考えました。文化的な雰囲気に充ちたサロンが天皇の興味を引けば、それだけ彰子への愛情も関心も深まります。

こうして中宮彰子（定子は皇后）の周囲に、紫式部や和泉式部、赤染衛門や伊勢大輔（いせのたいふ）、小式部内侍といった才女が揃い、彰子のサロンは賑わいます。一条天皇は『源氏物語』を読んでおり、作者についての感想まで洩らしているから、作者の紫式部が控えているだけでも、魅力的だったかもしれません。また、紫式部は『紫式部日記』で清少納言を辛辣に批判していますが、紫式部が宮仕えをする頃には、清少納言はもう後宮にいませんでした。二人が直接、顔を合わせたことはないのです。

后に仕える後宮の女房には、教育係としての高い教養や機知・機転など、様々な技能が求められ、それは主人の名誉とも関わっています。

彰子の名誉をかけて女房が対応

殿上人の藤原道信が山吹の花を持って中宮彰子の部屋の前を通りかかった時のこと。女房たちから「そんな素敵な花を持って、黙って通り過ぎるおつもりじゃないですよね」と声をかけられた道信が「口なしにちしほやちしほ染めてけり」と詠みかけ、山吹の花を御簾の内に差し入れました。

これは、「上の句」五七五と「下の句」七七を互いに詠み合って一首を作る、短連歌(たんれんが)という文芸の遊びです。機知に富んだ即興の会話みたいなものですが、道信が上の句を詠みかけたので、女房は下の句を付けなければなりません。ところが、若い女房たちはうまく対応できず、花を受け取れずにうろたえてしまいます。

部屋の奥にいた伊勢大輔が、中宮彰子から下の句を付けるよう命じられ、奥から膝をついたまま出て来るわずかの間に考えて、「こはえも言はぬ花の色かな」と即座に付けました。「私は梔子(くちなし)の実のように口無しでものが言えないので、梔子で何度も黄色に染めた山吹の花を持っています」という道信の上の句に「これは何とも言えないほど美しい花の色ですね」と下の句で答えたのです。「口無し」に「えも言はぬ」(何とも言えない)が対応しています。後でこのことを聞いた一条天皇は、「伊勢大輔がいなかったら、私の后の恥になるところだった」と言ったそうです。

この伊勢大輔は、奈良から中宮彰子に八重桜が届いた時、受取役を紫式部から譲られて、花に添える和歌を詠む大役を、見事に果たした人です。『小倉百人一首』にも選ばれた有名なこの歌です。

いにしへの奈良の都の八重桜けふ九重に匂ひぬるかな　（『詞花和歌集』）

八重桜が九重（宮中）に咲くという「言葉の綾」の趣向ですが、即興で詠んだこの秀歌に、藤原道長をはじめ、その場の誰もが感嘆してどよめいた、ということです。

紫式部の宮仕え

赤染衛門や伊勢大輔の話が出たところで、一条天皇の彰子サロンの他の女房たちを追ってみたいと思います。やはり『源氏物語』の作者から始めましょう。

紫式部は越後守藤原為時（ためとき）の娘。父は優れた漢学者ですが、受領（ずりょう）階級の中級貴族でした。紫式部の二十九歳での結婚は当時としては晩婚で、親子ほど年の差のある夫・藤原宣孝（のぶたか）には複数の妻と多くの子女がおり、結婚後も夫の艶聞に紫式部は悩まされました。娘の賢子（けんし）（大弐三位（だいにのさんみ））を生みますが、結婚三年後に夫の宣孝が亡くなり、この頃から『源氏物語』を書き始めたようです。その後、『源氏物語』の好評を聞いた藤原道長に望まれ、中宮彰子に仕えます。出仕後も物語は書き継がれました。

本名は不詳ですが、姓が藤原で父の役職が式部丞だったことから、藤式部と呼ばれていました。『源氏物語』が有名になると、ヒロインの「紫の上」の名を取って紫式部と呼ばれるようになりますが、公卿・藤原実資の書いた日記『小右記』に、彰子への取り次ぎ女房として登場する時は、「越後守為時女」と書かれています。

光源氏がいないのだから紫の上は

『紫式部日記』は、中宮彰子に仕えた紫式部の宮仕え日記で、一条天皇皇子・敦成親王の誕生を中心に、主人と主家の繁栄を讃美しつつ、様々な行事を詳細に記しています。彰子が出産のため父・道長の屋敷（土御門殿）に里帰りしていた頃の様子は、特に細やかで印象的です。無事に皇子が生まれ、初孫を抱いた道長がおしっこされて尿に濡れ、無邪気に喜ぶ姿や、一条天皇の土御門殿への行幸などが、活き活きと描かれ、王朝社会の風俗が伝わって来ます。

若宮誕生五十日目の祝宴の賑わいでは、右大臣の酔い痴れた醜態や、女房への殿上人のセクハラもどきのふるまいもあったようですし、公卿歌人・藤原公任が「恐れ入りますが、このあたりに若紫はいらっしゃいますでしょうか」と、紫式部の気を引こうと、お世辞っぽい問いかけをしたことにも触れています。若紫は『源氏物語』に登場する紫の上のこと。ここには光源氏のような人も見えていないのに、まして紫の上がいらっしゃるわけがない、と思って聞き流したということですが、紫式部としては、まあ悪い気はしなかったでしょうね。

藤原公任が「あなかしこ、このわたりに若紫やさぶらふ」と聞いたのを、このように『紫式部日記』に書き残したことは、後世の現代にも大きな影響を及ぼしました。一〇〇八年十一月一日のこの記述が『源氏物語』に言及した史上最初の記録だったのを記念して、十一月一日は「古典の日」として、平成二十四年に議員立法で法制化されたのです。

祝宴が終わってくつろぐ道長

祝宴が終わった後、紫式部は道長にお祝いの和歌を詠めと言われ、若宮の前途を祝福する歌を捧げました。

いかにいかがかぞへやるべき八千歳（やちとせ）のあまり久しき君が御代（みよ）をば　（『紫式部日記』）

若宮の幾千年もの齢(よわい)は、とても数え尽くせるものではありません。道長は「見事に詠んだね」と誉めて、二度ばかり口ずさみ、素早く返し歌をしました。

　あしたづのよはひしあらば君が代の千歳(ちとせ)の数もかぞへとりてん　（『紫式部日記』）

私に鶴のような寿命があったら、若宮の千年の齢も数え取るんだけどなあ……。

客人がみな引きあげて身内だけになると、道長はすっかりご機嫌になってくつろぎます。彰子に向かって、自分は中宮の親父として遜色(そんしょく)ないとか、お母さんも良い夫を持ったと思ってるだろう、などと冗談を飛ばしてご満悦だったようです。こうした道長の人間味が『紫式部日記』では活写されています。

道長が紫式部を「すきもの」と和歌に

『源氏物語』は『紫式部日記』に『源氏の物語』と書かれており、これが正式の書名だったと思われます。また、『紫式部日記』の記述によって、作者が紫式部と分かったのでした。

ある時、その『源氏の物語』が中宮彰子の前にあるのを道長が見て、いつものように他愛もない冗談を言い出したついでに、梅の実の下に敷かれた紙に、和歌を書いて紫式部に与えました。

すきものと名にし立てれば見る人の折らで過ぐるはあらじとぞ思ふ
（『紫式部日記』）

浮気者だと評判のあなたを見て、口説かないで放っておく人はいないでしょうね……。紫式部がすぐに返し歌をします。

人にまだ折られぬものをたれかこのすきものぞとは口ならしけん
（『紫式部日記』）

私はまだ人に口説かれたことなどありませんのに、いったいどなたが、浮気者だなどと言いふらしたのでしょうか……。何だか二人が恋仲だった、と匂わせるような詠みぶりの贈答歌ですね。

道長が夜中に紫式部の戸を叩く

『紫式部日記』によれば、また、こういう出来事もありました。夜中に紫式部の局の戸を叩く人がおり、紫式部は怖くて、何の応対もせず夜を明かしたのですが、翌朝、相手がこんな和歌をよこして来たのです。

夜もすがら水鶏よりけになくなくぞ真木の戸口にたたきわびつる　（『紫式部日記』）

夜通し水鶏よりひどく泣きながら、真木の戸を叩き続けて、嘆き明かしたことでした。水鶏は戸を叩く音のような声で鳴く小鳥です。紫式部が戸を開けてくれなかったと、恨み言を言っているのです。紫式部は歌を返しました。

ただならじとばかりたたく水鶏ゆゑあけてはいかにくやしからまし　（『紫式部日記』）

ただごとではあるまいとばかりに、戸ばかり叩く水鶏のことですから、戸を開けていたら、どれほど悔しい思いをしていたことでしょう。水鶏はただ叩く（鳴く）だけですが、あなた様のお気持ちも、どうせそんなものだったのでしょう……という皮肉が込められています。

夜、紫式部のところを訪れ、翌朝、和歌を贈って来たのは、藤原道長だとされています。この贈答歌は『紫式部集』にも勅撰集の『新勅撰和歌集』にも載っており、鎌倉時代の『新勅撰和歌集』では、藤原道長が夜更けに戸を叩いたのに開けなかったので翌朝よこした歌だ、と詞書（ことばがき）にはっきり書かれています。

道長が紫式部に大事な相談を

『紫式部日記』によれば、藤原道長が息子の縁談のことで、紫式部に相談したこともあったようです。長男・頼通（よりみち）と中務の宮（なかつかさのみや）（具平親王（ともひらしんのう））の長女との結婚を強く望んでいた時、紫式部が中務の宮家に縁故があると思って、道長があれこれ相談したというのです。確かに紫式部は具平親王と縁はあったようですが、道長に信頼されていたことの証（あかし）と思えなくもありません。

また、道長は紫式部の父・藤原為時のことで、彼女に苦情を言ったことがあります。為時は道長邸の正月の宴会の後、清涼殿での帝（みかど）の御前の御遊び（管弦）にも招かれていたのに、そちらには出席せず、帰ってしまったのです。かなり社交下手だったようですね。道長は為時がひねくれていると愚痴り、不機嫌になって紫式部を責め立てました。

「親父殿が許してもらえるほどのいい歌を、親に代わって一首差し出しなさい。今日は子（ね）の日だし、さあ詠みなさい、詠め詠め」

その日は正月最初の子の日でした。それにしても、紫式部へのかなりの親しみが感じられるいびり方ですね。

光源氏の須磨の歌

ちなみに中宮彰子が土御門殿から内裏に還る際、土産物として『源氏物語』を選び、豪華な造本をさせた時、道長は高級料紙や筆、墨などを与えてこれを支援しました。もちろん紫式部の声望に期待してのことでしょう。ただ、道長から彰子への正式の贈り物は、『源氏物語』ではなく、『古今和歌集』『後撰和歌集』『拾遺和歌集』（三代集）などの勅撰集や、著名歌人の歌集でした。和歌文芸に比べれば、物語の評価はそれほど高くはなかった、ということでしょうか。

せっかくですから、『源氏物語』の和歌を一首だけ見ておきましょう。「須磨巻」で光源氏が詠んだとされる歌です。

政敵（右大臣）の娘・朧月夜との密通が発覚し、情勢の先行きを危ぶんだ光源氏は、自ら謹慎しようと都を離れ、須磨に退去します。秋の夜半、そばに仕える人たちが寝静まっている頃、光源氏が一人目覚めて、周囲の激しい風の音を聞くと、波がすぐそばまで打ち寄せて来るような気がして、光源氏は涙しながら和歌を歌いました。

　恋ひわびて泣く音にまがふ浦波は思ふかたより風や吹くらむ　（『源氏物語』）

恋しさに耐えかねて泣く声に、浦波の音が似て聞こえるのは、恋しく思う都の方から風が吹いて来るからだろうか。泣くのが光源氏なのか、都の人たちなのか、二通りの解釈が出来るようです。光源氏の歌う声に、寝ていたお付きの人たちも目を覚ましますが、光源氏の姿に悲しさをこらえ切れない様子でした。

紫式部も人間関係では苦労した

『紫式部日記』によれば、宮仕えでは人間関係の苦労が色々あったようです。一条天皇が『源氏物語』の作者は『日本書紀』を読んでいるに違いない、と言ったことから、内裏の女房に「日本紀（にほんぎ）の御局（みつぼね）」というあだ名をつけられ、学問を鼻にかけていると殿上人に言いふらされたり、学識をひけらかす人と思われないように、「一」の字もきちんと書けないような無学のふりをしたり……。職場の対人関係に気を遣うのは現代と少しも変わりなく、ぼけた感じの、おっとりした人として過ごすのが、彼女なりの処世術になっていたようです。

『紫式部日記』は記録の記述だけでなく、彼女の個人的な感懐も交えて書かれています。華やかで雅な宮仕えの中にあっても、夫との死別以来の憂愁・寂寥の想いは常に心底に潜んでいました。里下がりから帰参した師走の末頃、同僚女房たちが明るく話しているのを聞いて、思わず呟いたのが次の和歌でした。

年くれてわが世ふけゆく風の音に心のうちのすさまじきかな　（『紫式部日記』）

「ふけゆく」には、夜が更けることと年が老ける意味が掛けられており、この歌は勅撰集『玉葉和歌集』に収められています。

浮気な夫・宣孝への愛とその死

紫式部の話をもうちょっと続けます。彼女の曾祖父は公卿歌人の藤原兼輔。堤中納言と呼ばれ、紀貫之たち専門歌人の庇護者として活躍した歌人です。紫式部も多くの勅撰和歌集に歌を選ばれており、家集『紫式部集』も残していますが、その中に少女時代のこんな和歌があります。姉と二人で寝ている部屋に、方違えに来て泊まった男が忍び込み、何をかして帰ったことがありました。翌朝、その男に朝顔の花を贈った時の歌です。

おぼつかなそれかあらぬか明け暗れの空おぼれする朝顔の花（『紫式部集』）

どうにも気にかかってしかたがありません。薄暗い夜明け前の、すっとぼけた風をした朝顔の花が……。朝顔は朝帰りの顔のこと。何食わぬ顔で帰ったけど、ゆうべ忍び込んで来たのは誰だったのでしょうか、と問い詰めているわけです。この時の男は、後に結婚する藤原宣孝だったかもしれません。また、紫式部には結婚後に詠んだこんな和歌もあります。宣孝との贈答歌の中の一首です。

おほかたの秋のあはれを思ひやれ月に心はあくがれぬとも　（『紫式部集』）

秋のしみじみとした哀しさを思い遣って下さい。美しい月にあなたの心が惹かれているにしても……。美しい月は宣孝が心を寄せる他の女を指しており、恋歌の常套ですが、「秋（あき）」には「飽（あ）き」がかけられています。当たり前とはいえ、『源氏物語』を書いたほどの女性でも、人並みにちゃんと嫉妬に苦しむのですね。

紫式部が夫・宣孝の死を詠んだとされるのが次の歌です。陸奥の名所絵を見ての詠作ですが、歌の中の「見し人」は、亡くなった夫を指していると言われます。

見し人のけぶりになりし夕べより名ぞむつましき塩釜の浦　（『新古今和歌集』）

連れ添った人が亡くなり、火葬の煙になった夕暮れから、塩釜の浦という名前が、身近でむつまじく思えるようになりました……。その名が煙を連想させるというわけです。

快活で幸福だった紫式部の娘

紫式部と藤原宣孝の娘・賢子（けんし）（大弐三位（だいにのさんみ））は、母と同じように彰子に仕えますが、後冷泉天皇が親王だった頃、乳母になり、即位後、従三位に叙せられて、後冷泉天皇から厚遇されました。生真面目で内向的な母とは対照的に、明るく快活で、華やかな恋愛を楽しみ、結婚生活にも恵まれて、八十代まで長生きをしました。宮廷社会では、母より恵まれた人生だったかもしれません。

この大弐三位（賢子）は歌人としても活躍し、内裏歌合にも出席していますし、家集『大弐三位集』を残し、勅撰和歌集に三十七首入集しています。『小倉百人一首』には次の和歌が選ばれています。

有馬山猪名（いな）の笹原風吹けばいでそよ人を忘れやはする　（『後拾遺和歌集』）

有馬山の近くの猪名の笹原に風が吹くと、そよそよと音がします。そうよそうよ、どうして私が、あなたのことを忘れたりするでしょうか。長く逢いに来なかった恋人が「あなたが心変わりしてないか気がかりです」という歌をよこしたので、「よく言うわね、忘れてるのはあなたじゃないですか?」という気持ちで、爽やかに返した恋歌です。

親思いだった紫式部の弟

紫式部の弟の藤原惟規（のぶのり）も、勅撰和歌集に十首の入撰歌があるほどの歌人でした。『藤原惟規集』という家集（歌集）も残しており、彼の見事な歌才を伝える説話もあります。また、大晦日の夜、宮中で女房が引きはぎに遭う事件がありましたが、この時、蔵人（くろうど）だった惟規がすでに帰っていたので、紫式部がひどく落胆したことが『紫式部日記』に書かれています。

惟規は父・為時の越後守赴任の際、老齢の父の身を気遣い、官職を辞職して、後から越後に向かいますが、道中で病に倒れ、越後に着いた時は危篤状態でした。臨終の際、父が僧侶を呼んで、中有（四十九日）の不安の中で迷わず成仏できるよう説教してもらいますが、惟規は中有にも紅葉や尾花、松虫・鈴虫の声などがあればいい慰めになる、と応じて、僧に呆れられたということです。風流人としての伸びやかな人柄が伝わって来るような話で

郵便はがき

料金受取人払郵便

102-8790

麹町支店承認

6246

差出有効期間
2024年10月
14日まで

切手を貼らずに
お出しください

102

［受取人］
東京都千代田区
飯田橋2－7－4

株式会社 作品社
営業部読者係　行

【書籍ご購入お申し込み欄】

お問い合わせ　作品社営業部
TEL 03(3262)9753／FAX 03(3262)9757

小社へ直接ご注文の場合は、このはがきでお申し込み下さい。宅急便でご自宅までお届けいたします。送料は冊数に関係なく500円（ただしご購入の金額が2500円以上の場合は無料）、手数料は一律300円です。お申し込みから一週間前後で宅配いたします。書籍代金（税込）、送料、手数料は、お届け時にお支払い下さい。

書名	定価　　円	冊
書名	定価　　円	冊
書名	定価　　円	冊
お名前　　TEL　（　　）		
〒 ご住所		

フリガナ
お名前

男・女　　　　歳

ご住所
〒

Eメール
アドレス

ご職業

ご購入図書名

●本書をお求めになった書店名

●ご購読の新聞・雑誌名

●本書を何でお知りになりましたか。

イ　店頭で

ロ　友人・知人の推薦

ハ　広告をみて（　　　　　　　　）

ニ　書評・紹介記事をみて（　　　　　）

ホ　その他（　　　　　　　　　　）

●本書についてのご感想をお聞かせください。

ご購入ありがとうございました。このカードによる皆様のご意見は、今後の出版の貴重な資料として生かしていきたいと存じます。また、ご記入いただいたご住所、Eメールアドレスに、小社の出版物のご案内をさしあげることがあります。上記以外の目的で、お客様の個人情報を使用することはありません。

すね。この後、筆で紙に和歌を書こうとして最後の一字を書けずに息絶えた、というのが第一章で書いた逸話でした。この時の和歌は以下の通りです。

みやこには恋しき人のあまたあればなほこのたびはいかむとぞ思ふ　（『俊頼髄脳』）

都には恋しい人たちがいっぱいいるので、このたびはやはり、生きて帰りたいと思います。この歌の最後の文字「ふ」を、父の為時が代わりに書いてやり、その紙を形見にしていつも見ては泣いていた、ということです。亡くなった時は三十代だったようですが、父親思いの好人物だったのではないでしょうか。

娘や弟の話が出たので、紫式部が友人に逢った時の歌も並べておきましょう。『小倉百人一首』にも選ばれたこの和歌です。『新古今和歌集』にも載っています。

めぐりあひて見しやそれともわかぬ間に雲隠れにし夜半（よわ）の月影　（『紫式部集』）

せっかく久しぶりに逢えたというのに、あなたかどうか分からないうちに帰ってしまったのね。雲間にさっと隠れた夜半の月のように……。幼なじみの女友だちとの束の間の再会を惜しむ歌です。

藤原道長「この世をば我が世とぞ思ふ」

紫式部の夫・娘・弟と彼女の縁者の話が続きましたが、ここで道長の有名な和歌「望月の歌」に触れてみたいと思います。

この世をば我が世とぞ思ふ望月の欠けたることもなしと思へば　（『小右記』）

この和歌は道長の三女・威子（いし）が後一条天皇の皇后になった時、祝宴の二次会で詠まれたものでした。三人の娘を三代の天皇の后にして、栄華の絶頂を極めた道長が座興に詠み、公卿の藤原実資（さねすけ）に返歌を求めたところ、実資は遠慮して、その場の一同がみなで数回唱和したのがこの歌です。

この頃、紫式部はおそらく宮仕えをやめており、推定されている没年の幾つかに近い頃なので、「望月の歌」のことを知っていたかどうか、何とも微妙です。また、道長の日記

『御堂関白記（みどうかんぱくき）』には、この歌は載せられていません。藤原実資が『小右記』に書いたので、後世まで知られることとなりました。紫式部の享年は四十前後から五十代まで、諸説があるようです。ちなみに、藤原道長は六十二歳で亡くなっています。「望月の歌」から十年後のことでした。死因は糖尿病だったと言われています。

うかれ女（め）と道長に言われた和泉式部

『紫式部日記』では、清少納言を「まことに得意顔のひどい人」、和泉式部を「感心できないところがある」「こちらが恥ずかしくなるほどの歌詠みではない」などと厳しく批評しています。その「感心できないところがある」と書かれた和泉式部は、藤原道長に「うかれ女（め）」と言われたように、恋多き女性でした。和泉式部の和歌はすでに幾つか登場していますが、改めて彼女の有名な恋歌を並べてみましょう。

黒髪の乱れも知らずうちふせばまづかきやりし人ぞ恋しき　（『後拾遺和歌集』）

黒髪が乱れるのもかまわず臥せっていると、初めてこの髪を掻きやってくれたあの人が、恋しくてたまらない……。最初に共寝をした恋人のことを想っているのですね。

あらざらむこの世のほかの思ひ出でに今ひとたびの逢ふこともがな

（『後拾遺和歌集』）

私はもうすぐ死ぬでしょう。あの世への思い出に、もう一度だけあなたにお会いしたいです。いつもと違って具合が悪くなった時、男に贈った歌で、『小倉百人一首』に選ばれています。

白露も夢もこの世もまぼろしもたとへて言へば久しかりけり

（『後拾遺和歌集』）

露、夢、この世、まぼろし……どれもはかなさの象徴のようなものですが、「それだって私たちの短い逢瀬に比べたら久しいものだ」と言うのです。まだ逢い始めたばかりの男に贈った和歌でした。

親王との恋愛がスキャンダルに

和泉式部は和泉守・橘道貞（たちばなのみちさだ）と結婚して、夫の任国「和泉」と父の官名「式部丞」から和泉式部と呼ばれるようになり、娘の小式部内侍が生まれます。やがて、冷泉天皇皇子・為尊（ためたか）親王の寵愛を受け、身分違いの恋愛を咎められて父から勘当されますが、その親王が疫病でなくなると、今度は弟の敦道（あつみち）親王から求愛されました。

大胆にも敦道親王は、周囲に人のいるさなか、牛車の中で和泉式部と愛を交わしたりしますが、やがて和泉式部は敦道親王の邸宅に迎えられ、親王の正妻が激怒して実家に帰る騒ぎになるなど、相次ぐ恋愛沙汰は上流貴族たちの間で話題となり、道貞との夫婦生活も破綻します。賀茂祭の時、敦道親王の派手な牛車に同乗して、二人の熱愛ぶりを世間の目に晒したこともありました。そして、敦道親王もなくなってしまい、悲愁にくれて尼になろうとした時に詠んだのがこの歌です。

捨てはてむと思ふさへこそ悲しけれ君になれにし我が身と思へば

（『後拾遺和歌集』）

世を捨ててしまおうと思うことさえ、悲しくてたまらない。あの方に馴れ親しんだこの体だと思ったら……。我が身こそは恋人をしのぶ形見だということですね。

道長に召し出されて彰子サロンに

そんな時、藤原道長に召し出され、和泉式部は彰子のサロンで、紫式部たちと同僚になります。その後、道長の寵臣・藤原保昌と再婚して、保昌の任国・丹後に行きました。和泉式部は夫と疎遠になって忘れられた悩みから、貴船神社に参詣した時、有名な次の和歌を詠んでいます。

もの思へば沢のほたるもわが身よりあくがれ出(い)づるたまかとぞ見る

（『後拾遺和歌集』）

思い悩んでいると、沢を飛びかう蛍の火も、我が身から抜け出した魂のように見えてしまいます。これに対し、男の声で貴船明神の返し歌があり、和泉式部の耳に聞こえたということです。

奥山にたぎりて落つる滝つ瀬のたま散るばかりものな思ひそ　（『後拾遺和歌集』）

激しく落ちる水の玉のように、魂が散るほど思いつめるのはやめなさい。「たま」は玉と魂を表わしています。また、娘の小式部内侍に先立たれた時は、孫たちを見て、親としての悲しみの想いを詠んでいます。孫とはつまり小式部内侍の子供です。

とどめおきて誰をあはれと思ふらん子はまさるらん子はまさりけり

（『後拾遺和歌集』）

この子たちを残して死んだあの子は、いったい誰のことをしみじみと思っているだろうか。きっと我が子への気持ちがまさっているだろう。私だって、あの子が死んだことが一番つらいのだから……。娘はこの親よりも我が子のことを想っているだろう、というわけです。和泉式部の晩年について詳しいことは不明ですが、仏道に帰依して出家したとも伝えられています。

小式部内侍も恋多き人

和泉式部の娘・小式部内侍は第一章の冒頭で、藤原教通との逸話に出て来た人です。母と同じく中宮彰子に仕えましたが、彼女も恋愛遍歴は華やかで、何人もの男性と関わりがあったようです。藤原教通との間にも一子を設けています。小式部内侍が有名なのは、『小倉百人一首』に収められた次の和歌のエピソードでしょう。

大江山いくのの道の遠ければまだふみも見ず天の橋立

歌合せの会が近づいた頃、権(ごん)中納言・藤原定頼に彼女は人前で嫌味を言われます。歌合せに出詠する和歌はどうせ母親の和泉式部に代作を頼むのだろう、とでも言いたげに、丹後にいるお母さんにお願いの手紙はもう出しましたか、と尋ねたのです。

すると、小式部内侍が即座に「大江山いくのの道の遠ければ……」の和歌を詠みかけ、「母から手紙なんかもらってないわよ。代作なんて頼んでないわ」という意味を含ませた見事な技巧で、定頼を狼狽させ、返歌も出来なかった定頼は面目を失った……というエピソードですが、実はこれ、恋仲だった定頼と小式部内侍が仕組んだ芝居だった、という見方もあるようです。

小式部内侍の和歌は母の和泉式部が作ってるんだろう、なんて噂されているのを気にかけた二人が、定頼を悪役に仕立てた演出で彼女の実力を証明してみせた、というわけです。本当なら、まさに平安王朝の純愛ラブストーリーですね。小式部内侍は出産直後、二十代の若さで亡くなり、前述のように母の和泉式部を悲しませました。

2　定子の後宮サロン

定子の後宮サロンの女房と言えば、主役はやはり清少納言でしょう。父・清原元輔（きよはらのもとすけ）は勅撰集『後撰和歌集』の撰者を務めた名高い歌人で、曾祖父の清原深養父（きよはらのふかやぶ）は『小倉百人一首』に採られた「夏の夜はまだ宵ながら明けぬるを雲のいづこに月やどるらむ」（『古今和歌集』）の作者としても有名な歌詠みでした。

清少納言は陸奥守・橘則光（たちばなののりみつ）と結婚しますが、男子が生まれた後、離婚しています。交際した男性は何人かいますが、晩年、摂津守・藤原棟世(むねよ)と再婚して娘を得たと言われています。上東門院彰子に仕えた女流歌人の小馬命婦(こまのみょうぶ)です。

知的で華やかな定子サロン

清少納言という女房名は、清原氏から「清」を取っていますが、少納言と称する由来ははっきりしていません。二十代後半の頃に始めた中宮定子への宮仕えは、定子崩御まで十年近く続いています。定子は明るくユーモアに溢れた才色兼備の女性で、一条天皇から最も愛され、清少納言にとっては輝くばかりの人でした。

和漢の教養を身につけた清少納言は、定子から厚い信頼を寄せられており、それに応えたのが「少納言よ、香炉峰(こうろほう)の雪いかならむ」という定子の問いかけに、清少納言が御簾を高く巻き上げた、という『枕草子』の有名な一節でしょう。

『白氏文集』の「香炉峰の雪は簾を撥(かか)げて看(み)る」という詩句は、周囲の誰もが知っていながら、機転を利かせることが出来たのは彼女だけで、やっぱり清少納言は凄いということになりました。このように、定子のサロンは知的で華やかで明るい雰囲気に包まれていました。

キャリアウーマンの宮仕え

ただ、当時は女性の宮仕えを好ましくないと見る向きもあったようで、清少納言は宮仕えをするキャリアウーマンを擁護して、『枕草子』でこんなふうに書いています。

将来にたいした見込みもないのに、見せかけの幸福（「えせざいはひ」）を夢見て暮らすような女は、何だかうっとうしくて軽蔑したくなるわ。宮仕えをする女は軽薄だ、なんて言う男は憎たらしくてしょうがない。「えせざいはひ」とは「えせ幸ひ」つまり「にせの幸せ」ということ。家庭に籠って夫や子供の出世を願うばかりの小さな幸福……とでも言いたかったのでしょうか。

機知に溢れた和歌の贈答、明るくて聡明な人柄などから、清少納言の宮仕えは、公卿や殿上人たちとの交流を楽しむ華やかなものだったようですが、中宮定子も清少納言が十年くらい年長だったこともあって、とても頼りにしていました。清少納言が休暇で清水寺に参籠した時など、定子はわざわざ使者をよこして手紙を届けています。高級な料紙には、草仮名（そうがな）で和歌がしたためられていました。

山近き入相（いりあい）の鐘の声ごとに恋ふる心の数は知るらむ　（『枕草子』）

山に近い夕暮れの鐘の音を一つ一つ聞くたびに、あなたを恋しく想う、私の心の数をあなたは知っているでしょうに……。「ずい分長く滞在するのね」と書き添えられており、早く帰ってほしいと淋しがっている様子が伺えます。まるで恋歌のような詠みぶりですね。二人の間には主従を超えた心の交流があったのでしょう。

悲運の定子の一条天皇への想い

しかし、前述したように父・藤原道隆の病死や兄・伊周、弟・隆家の失脚で、中関白家が没落し、定子の運命が暗転したことは、清少納言の宮仕えにも影を落としました。彰子を入内させた道長の勢力に圧迫され、定子のもとから離れて行く者も出て来ます。定子のサロンは衰退し、清少納言さえも道長の勢力に内通していると同僚女房に疑われ、里下がりをした時期がありました。でも、定子から優しい手紙を受け取り、主人の愛情に応えて再出仕しています。

道長の権勢にひしがれ、失意のうちに定子は出産直後、二十四歳の生涯を終えました。

死後、発見された三首の辞世は、一条天皇が読むのを願って詠まれたもので、その中の一首が次の和歌です。

夜もすがら契りしことを忘れずは恋ひむ涙の色ぞゆかしき（『後拾遺和歌集』）

夜通し私と契り合ったことをお忘れでなければ、私が死んだ後、恋い慕って泣いて下さる涙の色を見たいものでございます……。悲しみの血の涙かどうか知りたいという、一条天皇への想いが込められています。帝は死の穢(けが)れに触れることは出来ないので、一条天皇は鳥辺野の葬送に参列できず、内裏で亡き定子を偲びながら夜を明かしました。雪の中での葬送になりましたが、天皇はそれを想って和歌を詠んでいます。

野辺までに心ひとつは通へども我がみゆきとは知らずやあるらん

（『後拾遺和歌集』）

鳥辺野まで心だけはあなたを慕って通ってゆくけれど、あなたは私が来たとは気づかないだろう。歌の中の「みゆき」は行幸と深雪を掛けています。葬送に降る深雪(みゆき)は私の行幸(みゆき)であって、心は鳥辺野まで付いて行く(行幸)のだが、もうあなたには分からないだろうね、と定子に言っているのです。

定子の不幸に触れなかった『枕草子』

清少納言は『枕草子』の中で、悲運の頃の定子や中関白家の暗さには殆ど触れていません。しかし、定子サロンの輝きや宮廷生活の華やいだ明るさばかり描いた背景には、とてつもなく深い闇が広がっていたのです。それをあえて描かなかった清少納言の、心の奥の悲痛を想い見ることで、『枕草子』の味わいは、より深くなることでしょう。

定子が亡くなった後、清少納言は宮仕えを辞め、再婚相手の藤原棟世の任国・摂津で暮らしたと言われています。また、和泉式部や赤染衛門と交流があったことも分かっています。最晩年は父・清原元輔ゆかりの地である京都の東山月輪(つきのわ)で淋しく暮らしたということですが、そこは定子の眠る御陵の近くでした。最後まで定子を見守ろうとしていたのでしょうか。清少納言が晩年に詠んだ次の和歌は、『枕草子』に見られるような快活な姿とは趣がかなり違っています。

月見れば老いぬる身こそ悲しけれつひには山の端(は)にや隠れん　（『玉葉和歌集』）

月を見ていると、年老いた我が身が悲しくなる。私も最後はあの月のように山の端に隠れてゆくのだろうか。

晩年は零落したとも伝えられていますが、伝説の域であって詳細は不明です。たとえば清少納言の兄・清原致信(きよはらのむねのぶ)が、平安京の自宅を賊に襲われて殺害されるという事件があり、これは藤原道長の『御堂関白記』にも書かれていますが、『古事談』は次のような逸話を載せています。事件の時、兄の家に居合わせた清少納言が、法師に似た姿だったので男と思われて殺されそうになり、自分は尼だと必死に訴えて女性器を見せたと言うのです。才気ある女性の惨めな末路を願う落魄伝説のたぐいでしょう。

3　華やかな王朝生活の日常

香りは大事な身だしなみ

さて、女房たちの華やかな後宮生活を、もう少し見て行きたいと思います。『枕草子』にこんな話が出て来ます。梅雨の頃、清涼殿の北廂で、小戸にかけた御簾に藤原斉信(ただのぶ)中将が寄りかかった時の、衣服からの移り香(が)は素晴らしいもので、次の日までその香りが御簾に染みついていたのを、若い女房たちが素敵なことだと語り合っていた。

このように王朝貴族たちが香を装束にたきしめるのは、ごく普通のたしなみでした。現代の香水のようなもので、おしゃれのセンスを示すカルチャーでもあり、当然、オリジナリティが問われます。

様々な香料を練り合わせた「練香(ねりこう)」という薫物(たきもの)を、貴族たちは衣服にたきしめますが、人とすれ違った時に匂わせるのが「追風用意(おいかぜようい)」と呼ばれるもので、通り過ぎた後、よい香りが漂うようにする工夫です。当時は入浴がまだ一般的な風習と言えなかった時代なので、香はとても大切な身だしなみでした。

身だしなみと言えば、ずっと前の章で、美人の条件は身長ほどの長さの黒髪だと書きましたが、平安時代中期の村上天皇の女御・芳子の場合は、ずば抜けていました。内裏に行こうとして牛車に乗ったら、彼女自身は車の中にいるのに、長い黒髪の先はまだ母屋の柱のもとにあったと言うのです。彼女は美貌に恵まれ、『古今和歌集』の和歌をすべて暗記しているほどの才女だったので、帝の厚い寵愛を受けていました。芳子のいる部屋の壁に穴を開けて彼女の容姿を覗き見た中宮・安子が、嫉妬に狂って、その穴から土器の破片を女房に投げつけさせた、という逸話が残っています。

王朝社会のファッション

王朝社会の女性の華麗な装束と言えば「十二単」を思い浮かべますが、当時はこういう呼び名はなく、「裳唐衣」「女房装束」などと言われていました。単の上に何枚も袿を重ねて打衣、表着を着け、腰には裳を結んで唐衣を着ます。

男性公卿の正装は束帯で、直衣は略装の日常着、狩衣は普段着ですが、直衣や狩衣の裾から下着の裾を覗かせて着るのが「出だし衣」と言われるファッションでした。これって、ジャケットの裾からシャツをはみ出して着るのと、何だか似てませんか。現代ではごく普通のカジュアルな装いですよね。平安時代の貴公子にも、そんなお洒落な着こなしがあったのです。

また、女性が牛車の下簾の下から装束の一部を外に出すのも「出だし衣」と呼ばれ、そんな乗り方をした牛車を「出だし車」と言いました。清少納言は『枕草子』で、「出だし衣」の体験にちょっと触れています。せっかく晴れの外出をした時、衣裳を牛車から風流にこぼれ出させているのに、見せがいのある人と、馬でも車でも行き合わず、見られないで終わるのはとても残念なことだと、ぼやいているのです。

牛車のマイカー自慢と車争い

牛車の話が出たついでですが、車で賀茂祭の見物に行く際のことを、清少納言はこんなふうに書いています。私なんか、その日のために車も下簾も新しくして、これならまあ人に負けることはないだろう、と思って出かけたところが、自分よりいい車を見つけたら、いったい何しにやって来たんだろう、なんて思ってしまうのに、まして見すぼらしい車で来る人って、まったくどういう気持ちで見物してるのかしらね。本当に気に食わないわ。

マイカー自慢をしたり、他人の車が気になったり……今も昔もあまり変わらないみたいですね。
牛車には自動車と同じようにグレードがあり、最高級の唐車（からぐるま）や高級車の檳榔毛車（びろうげのくるま）、上流貴族の女性が乗る糸毛車（いとげのくるま）や一般車の網代車（あじろぐるま）まで、官位や身分で車の種類が異なっていました。高級貴族がランクの低い車に乗り、身分を隠してお忍びで出かけることもあったとか。牛車を所有するには、牛や牛飼童（うしかいわらわ）などの複数の従者が必要ですし、維持費がかかるので、中級貴族には負担になったことでしょう。複数の車を持てたのは裕福な上流貴族だったようです。現代でも車を持つと、車検とか保険とか整備とか色々あって、何かと大変ですよね。

牛車と言えば、『源氏物語』の「車争い」が有名ですね。賀茂斎院（かものさいいん）の御禊（ぎょけい）の行列での光源氏の姿を見ようとした葵上（あおいのうえ）と六条御息所（ろくじょうのみやすどころ）の、一条大路での牛車の停車場所をめぐるトラブルでした。六条御息所の車が、葵上の車の後方に押しやられて見物できなくなり、車も一部が壊されたし、人目を避けたお忍び姿も顕わになって、六条御息所はひどい屈辱を味わいます。この惨めな敗北感から、彼女の生霊（いきりょう）が正妻・葵上を取り殺すことになるのでした。

こうした物語の中の話だけでなく、実際に貴族社会では、牛車をめぐるトラブルは起きていたようです。また、牛車の定員は基本的には四人で、身分によって席順が決まっています。牛車は後ろから乗って前から降りるものでした。上洛中の木曾義仲が後ろから降りて、従者たちの笑い者になったのはよく知られた話です。

官位による階級社会だった

官位のことが出て来たついでに、この制度について触れたいと思います。官位とは官職と位階のことで、当時は位階によって身分の序列が定められた階級社会でした。最上位の正一位（しょういちい）から従一位（じゅいちい）、正二位……と下がって行き、従八位下（じゅはちいのげ）から更に下がって少初位下（しょうそいのげ）まで三十段階の等級がありました。

公卿（くぎょう）とは、太政大臣、左大臣、右大臣、大納言、中納言、参議などの高官と三位以上の人たちのこと。天皇の日常生活の場である清涼殿（せいりょうでん）の殿上の間（てんじょうのま）に昇殿を許された者が殿上人（てんじょうびと）と呼ばれ、四位、五位で天皇の勅許を得た人々、及び六位の蔵人でした。蔵人は天皇の秘書官のような人です。官職は位階に対応しており、たとえば正三位には大納言、従三位には中納言などが相当するとされていました。

清少納言は、『枕草子』で、「位」というのは何といっても素晴らしいものだと述べています。同じ人でありながら、大夫の君や侍従の君と呼ばれた頃は軽くあしらわれていたのに、中納言、大納言、大臣などになってしまうと、ただひたすら格別に尊く見えてしまう……というのです。

係長の頃は軽く見られていた人が、部長、常務と偉くなるにつれて、何だか人格までご立派になったように思えてしまい、近寄りがたくなったってことでしょうか。

清少納言は一方では、身分の低い者には冷淡だったようで、卑しい者の家に雪が降っているのは似合わしくないとか、月の光が明るく差し入っているのもとても勿体ない、などと言い切っています。素晴らしい風情が、風流の分からぬ彼らには釣り合わない、ということなのでしょう。また、初瀬（長谷寺）に参詣して局に坐っていた時、蓑虫のような下賤の者たちが近くで礼拝しているのが癪にさわって、押し倒したくなった、とまで書いています。

宮廷女房が胸ときめかせた「名対面」

ところで殿上人の話が出たところで、宮中女房たちが胸をときめかせた「名対面」を、ちょっと見ておきましょう。「名対面」とは、宮中に宿直する殿上人の出欠確認をするために、清涼殿で夜中の定刻に、蔵人が点呼して姓名を名のらせることで、午後十時頃に行われたようです。殿上人や滝口の武士たちが名のるのを、後宮女房たちが聞いている様子を、『枕草子』は以下のように書いています。

殿上（てんじょう）の名対面は本当に面白いものです。殿上人たちが足音を立てて出て来るのを、上の御局（みつぼね）の東面（ひがしおもて）で、私たち女房は耳をすまして聞いているけど、恋人の名のりがあれば、胸がつぶれる思いをするでしょうね。また、このところ聞いてなかった人の名のりを、こんな折に聞いたりしたら、どんな想いになるかしら。名のりかたが良いとか悪いとか、女房たちが聞き苦しく批評し合うのも面白いわ。

殿上の名対面が終わったら、次は滝口の武士の番です。弓の弦（つる）を鳴らして武者が出て来て名のりをする……といったふうに点呼は進んだようです。女たちは興味津々で男の品定めをしていたのですね。便りもなくて冷淡になっている恋人の名を聞くことも、あったかもしれません。

穢（けが）れの恐怖

王朝社会の生活は華やかなことばかりではありません。貴族たちは常に、死や出産などの不浄による穢れに怯えて生きていたのです。藤原道長の記した『御堂関白記』には、内裏で下女の死体が見つかったという記述があります。道長は、死体を夜になってから運び出すよう指示しています。

人が死んだり、出産があったり、動物の死骸が見つかったりすれば、穢れが生じます。穢れに接触するのが触穢ですが、穢れは伝染すると信じられており、穢れた場所にいた人がどこかに立ち寄れば、そこにいる人に伝染することになります。また、穢れた物や人に接触するだけでなく、同じ場所に一緒にいただけで汚染されるとされていました。人が死ぬところに居合わせるのは、忌み嫌われることでした。

穢れに触れた場合は、外部に穢れを拡散させないよう門を閉ざして自宅に籠り、物忌をします。外出は一切せず、決められた日数を過ごすのですが、物忌は仕事を休むための口実に使われることもあったようです。穢れの伝染は新型コロナウイルスの感染と、どこか似ているようですね。人が死んだ場合は三十日間の穢れ（死穢）、出産があった場合は七日間の穢れ（産穢）とされていました。

藤原道長は内裏に参上する時、犬の死骸を見つけ、鴨川の河原で祓をしたことがありました。時には穢れが内裏に入り込むことで、朝廷の公的な行事や会議が延期や中止をされるということもあったようです。内裏に犬が死体の一部をくわえて持ち込んだりするなど、宮中も不浄と無縁ではなかった頃のことです。

「方違え（かたたがえ）」で凶を避ける

また、王朝社会では、貴族たちが不吉を避ける工夫をするのは真剣な課題でした。たとえば外出の際、陰陽道（おんみょうどう）で凶とされる方角を避けるため、前夜、別の方向に行って一泊した後、目的地に向かうのが、「方違え（かたたがえ）」という風習で、客を迎えた家では手厚くもてなすしきたりでした。ちなみに『源氏物語』では、光源氏が方違えで泊まった家で、人妻の空蟬（うつせみ）と出会い、彼女の部屋に忍び込んでいます。

なお前述の藤原道長の『御堂関白記』は、現存する世界最古の自筆日記として国際的に評価され、ユネスコの「世界の記憶」に二〇一三年に登録されています。ユネスコは「重要な歴史的人物の個人的記録」としており、平安時代の王朝社会の生態を知る第一級の貴重な史料となっています。

陰陽師・安倍晴明

陰陽道と言えば、陰陽師（おんみょうじ）の安倍晴明（あべのせいめい）が藤原道長を呪詛から救ったという、以下の説話が知られています。

鴨川の西岸にあった法成寺は道長が建てた寺ですが、ある日、建立中に道長が訪れたら、愛犬が衣裳の裾をくわえて、門の中に入れようとしません。不審に思い、安倍晴明を呼び出して尋ねると、道長を呪詛する物が道に埋めてあり、それに犬が気づいたからだと答えます。晴明が占って掘らせた場所には、呪物がありました。晴明が懐から取り出した紙を鳥の姿に結び、呪文を唱えて空に投げると、白鷺になって南に飛んで行き、落ちたところに呪いをかけた法師がいました。安倍晴明のライバルだった陰陽師で、彼は左大臣に頼まれて術を施したと白状します。

以上が『宇治拾遺物語』や『古事談』などに伝わる説話ですが、法成寺が建てられた時、晴明はすでに亡くなっており、息子の陰陽師のことではないかということです。安倍晴明は藤原道長より四十五歳ほど年長でした。

第四章　「新古今和歌集」の王朝美

1　新古今和歌集の恋歌

平安王朝からの流れで、ここからは鎌倉時代の宮廷社会の和歌を、『新古今和歌集』を中心に眺めてみたいと思います。『新古今和歌集』は、後鳥羽上皇の院宣によって、鎌倉時代の初期、藤原定家たち五人の撰者が編纂した第八番目の勅撰和歌集で、上皇も撰集に深く関与しています。

後の章でも触れますが、勅撰和歌集は天皇や上皇の下命によって成立することから、誰もが仰ぎ見る至高の権威を持ち、自作の和歌が選ばれるのは、歌人にとっては至上の名誉でした。余情妖艶と言われる『新古今和歌集』は技巧を凝らした華麗な歌風で、もちろん四季の歌も見逃せませんが、まずは恋の歌を眺めてみましょう。

「新古今時代」の閨秀歌人

式子内親王（しょくしないしんのう）の次の歌は、人を恋すると相手の夢に自分が現れる、と信じられていたことによっています。

夢にても見ゆらむものを歎きつつうち寝（ぬ）る宵（よい）の袖のけしきは　（『新古今和歌集』）

あなたの夢には見えてるでしょう？　歎きながら寝て、袖が涙で濡れている私の姿が……。

式子内親王は後白河天皇の皇女で、『新古今和歌集』の代表的な女流歌人です。藤原俊成の指導で和歌を学び、『新古今和歌集』には、女性として最多の四十九首が選ばれています。十年ほど賀茂神社の斎院をつとめ、生涯を独身で過ごしました。

式子内親王に仕える姉がいた藤原定家は、たびたび内親王の御所を訪問しており、定家の日記『明月記』にも内親王の記述があります。二人の恋愛を伝える説話もありますが、詳細は不明で、想像のレベルと考えたほうがいいようです。さて、式子内親王と言えば、誰もが思い浮かべるのは、『小倉百人一首』のこの歌でしょう。

玉の緒よ絶えなば絶えねながらへば忍ぶることの弱りもぞする　（『新古今和歌集』）

わが命よ、絶えるなら絶えてしまえ。このまま生きながらえていたら、忍ぶ力が弱って恋を隠せなくなってしまうから……。これは「忍恋」という題に基づく歌で、つまり「誰も知らない秘密の恋」というテーマで詠まれたものです。実際の体験を踏まえているわけではなく、男の立場になり切って詠んだ歌とも言われています。

後鳥羽上皇に見出された俊成女

露払ふ寝覚めは秋の昔にて見果てぬ夢に残る面影　（『新古今和歌集』）

涙の露を払って目を覚ましたら、あの人に飽きられた昔のままの私でした。そして、見終わらなかった夢の名残りには、愛しいあの人の面影が留まっています。作者は俊成女（しゅんぜいのむすめ）と呼ばれましたが、藤原俊成の孫であり、俊成の養女になった人です。式子内親王と並ぶ「新古今時代」の閨秀歌人で、次のような歌もあります。

下燃えに思ひ消えなむ煙だに跡なき雲の果てぞ悲しき　（『新古今和歌集』）

私は人知れずあの人を想い焦がれて死ぬでしょう。空に昇る火葬の煙さえも、跡をとどめない雲になるかと思えば、何と悲しい恋でしょうか。後鳥羽上皇の指示で「恋歌二」の巻頭に置かれた和歌でした。

俊成女は『新古今和歌集』の撰者でもある源通具（みちとも）と結婚して子をもうけましたが、その後、離婚しています。通具が政略的に離別して、別の女性と結婚したのです。それでも、通具は元妻が経済的に苦しくなった時、彼女が後鳥羽上皇に出仕できるよう努力したということです（『明月記』建仁二年七月十三日）。

俊成女は後鳥羽上皇に仕えることで、歌才を上皇に認められて、歌会にも出席するようになり、上皇の歌壇で歌人として活躍しました。『新古今和歌集』には、女性として式子内親王に次ぐ多さの二十九首が選ばれていますし、上皇の指示で「恋歌二」の最初に彼女の歌が置かれたのも、大変名誉なことでした。

俊成女は、叔父であり、兄でもある藤原定家が亡くなった後、七十歳を超えて、荘園のあった播磨（はりま）に移り住んでいます。

時代を超えた恋歌の融合

さて、次は平安時代の和泉式部の和歌です。『新古今和歌集』は勅撰和歌集なので、編纂された同時代の歌だけでなく、過去の時代の秀歌も採られており、和泉式部の歌も載っているのです。枕は恋の秘め事を何もかも熟知している、というのが、この和歌の前提になっています。

枕だに知らねば言はじ見しままに君語るなよ春の夜の夢　（『新古今和歌集』）

枕だって知らないのだから、人に話したりしないでしょう。あなたも、誰にもおっしゃらないで下さいね。春の夜の夢のような私たちの逢瀬のことは……。枕が知らないということは、枕を使わなかったことになります。そういう情事だったのでしょう。
ところで、この和泉式部には、前章で引用した有名なこんな和歌がありました。

黒髪の乱れも知らずうちふせばまづかきやりし人ぞ恋しき　（『後拾遺和歌集』）

この歌を藤原定家は本歌取り（ほんかど）して、次のような和歌を詠んでいます。

かきやりしその黒髪の筋ごとにうち臥すほどは面影ぞ立つ　（『新古今和歌集』）

独り寝ていると、あの人の面影が、私のかきやった黒髪のひと筋ごとに、くっきりと浮かび上がって来ることだ……。髪をかきやれば、顔を覗いたり、肌に触ったりすることにもなります。和泉式部の「黒髪の乱れも知らず……」の本歌取り（ほんかど）の歌ですが、本歌取りとは、古い歌の一部を素材に取り入れて新しい歌を作り、重層的な表現をめざす技法のことで、取られた古歌を本歌と言います。

和泉式部の本歌が「私の黒髪をかきやってくれた人が恋しい」と歌ったのに対し、定家は、かきやった男の立場から女に返歌をしているようで、この二人の和歌が時代を超えて融合すると、何だか官能的な気分になりますね。

恋人を待つ宵のつらさ

待つ宵に更けゆく鐘の声聞けば飽かぬ別れの鳥はものかは　（『新古今和歌集』）

恋人の訪れを待っている宵に、夜が更けるのを告げる鐘の音を聞けば、夜明けに逢瀬の後の別れを促す鶏の声なんて、その辛さは物の数にも入りません。「飽かぬ別れ」をしたのなら、とにかく恋人と逢えたのだから、それに比れば、恋人を夜更けまで待ち続けるほうが辛いじゃないか、と言いたいわけです。もう今夜は来ないかもしれないし……。

作者の小侍従（こじじゅう）は平安時代末期から鎌倉時代初期にかけての女流歌人。この和歌が評判になって「待宵（まつよい）の小侍従」と呼ばれるようになりました。

幾夜われ波にしをれて貴船川袖に玉散る物思ふらむ　（『新古今和歌集』）

幾夜わたしは波にひどく濡れながら貴船川で、涙の玉が袖に散るほど物思いをすることだろうか……。和泉式部の和歌に貴船明神が「魂が散るほど思いつめるのはやめなさい」と返歌したことを前章で述べましたが、これはその本歌取りで、恋の物思いの悩ましさを詠んでいます。

作者の藤原良経（よしつね）は、藤原定家や後鳥羽上皇たちと「新古今時代」をリードした名立たる歌人です。政治家としては摂政太政大臣に至った人ですが、歌壇を主催して新風歌人たちの後援者となり、和歌所の寄人筆頭として『新古今和歌集』成立に大いに貢献しており、撰者を超える立場だったとも言われています。『新古今和歌集』の「仮名序」を執筆し、巻頭の次の歌も藤原良経の作です。

み吉野は山もかすみて白雪のふりにし里に春は来にけり　（『新古今和歌集』）

藤原良経は三十八歳の若さで、『新古今和歌集』の最終的な完成を見ることなく、眠ったまま亡くなったということです。

忘れられても死ねない恋の歎き

恋歌に戻りましょう。藤原定家が暁（あかつき）の別れを詠んだ歌です。

白妙の袖の別れに露落ちて身にしむ色の秋風ぞ吹く　（『新古今和歌集』）

後朝（きぬぎぬ）の別れの白い袖に涙の露が落ちて、身にしみるような色の秋風が吹いていることだ。「露」は悲しみの紅涙を暗示し、秋風の「秋」に「飽き」をかけています。後鳥羽上皇の指示により、「恋歌五」の巻頭に据えられました。

忘れなば生けらむものかと思ひしにそれもかなはぬこの世なりけり

（『新古今和歌集』）

あの人が私のことを忘れてしまったら、とても生きてはいけないと思ってたのに、死ぬこともかなわないこの世だったのね。死ねば楽になるのに、薄情な男に苦しみながら生き続けるしかない、という女の歎きです。どんなに苦しくても、人間、なかなか死ねるものじゃないですよね。作者の殷富門院大輔（いんぷもんいんのたいふ）は、平安時代末期から鎌倉時代初期に活躍した女流歌人で、藤原定家に高く評価されていたようです。

恋歌は業平になり切って詠む

ところで、藤原定家の自讃歌は『小倉百人一首』にも載る次の恋歌でした。

来ぬ人をまつほの浦の夕なぎに焼くや藻塩の身もこがれつつ　（『新勅撰和歌集』）

いくら待っても来ない恋人を待ち続けて、松帆（まつほ）の浦で夕なぎの頃に焼く藻塩のように、私の身は恋心に焦がれています。松帆の浦は淡路島北端の海岸。『万葉集』の笠金村（かさのかなむら）の長歌からの本歌取りですが、女の立場から詠んでいます。

男を恋い慕う女の気持を歌うなど、何だか男女の恋心を知り尽くしているように見えますが、そんなはずのない定家は、恋の歌を詠む時は在原業平の恋愛ぶりを思い起こし、ひたすら業平になり切って詠む、と言ったとか伝えられています。自分はイケメンのプレイボーイだと思い込めば、いい恋歌が生まれるということでしょうか（『定家卿相語』）。

ところで藤原定家の名歌と言えば、誰もが思い浮かべるのは次の和歌でしょう。


春の夜の夢の浮橋とだえして峰に別るる横雲の空　（『新古今和歌集』）

春の夜のはかない夢がとぎれ、曙の空では横雲が峰から別れて離れてゆくことだ。春の歌としてはそういう解釈になりますが、横雲と峰が離れることからは「後朝の別れ」がイメージされますし、「夢の浮橋」は『源氏物語』の最終巻「夢浮橋（ゆめのうきはし）」の浮舟と薫の悲恋も連想させます。『新古今和歌集』には「春歌（はるのうた）」として載せられていますが、定家らしい技巧で、恋の歌としても読める重層的な和歌になっているのです。

更には、『源氏物語』の長編としての終わり方が、余情を残して唐突に思えることもあり、「夢の浮橋とだえして」がそれを匂わせないでもありません。最高峰の歌人が真骨頂を見せつけた名歌と言えましょうか。

2　「新古今歌風」の抒情

新風歌人たちの活躍

先に述べた藤原良経は藤原俊成を指導者に仰ぎ、歌壇を主宰して、彼の庇護で藤原定家や藤原家隆（いえたか）、寂蓮たちが新風和歌を推し進めて行きますが、難解な彼らの歌風は、伝統的な表現に慣れた歌人たちから非難を浴びました。たとえば、藤原定家の次の和歌はどうでしょうか。

さ莚（むしろ）や待つ夜の秋の風更（ふ）けて月を片敷（かたし）く宇治の橋姫　（『新古今和歌集』）

「宇治の橋姫」は宇治橋を守る女神で、月光を浴びながら恋人を待つ独り寝の姿を幻想的に詠んだ歌ですが、「風更けて」「月を片敷く」があまりに斬新なので、旧風歌人の意表をつき、この手の前衛的な試みは、達磨歌（だるまうた）（禅問答のように意味の分かりにくい歌）だとそしられました。

こうした新風歌人たちを抱えた藤原良経の歌壇は、その後、後鳥羽上皇の歌壇に吸収され、新風和歌が『新古今和歌集』に結実する土壌となります。後鳥羽上皇は良経や慈円、定家や家隆ら、広く多くの歌人を結集し、彼らの創造的な和歌活動から、幽玄・華麗・余情妖艶などと言われる「新古今歌風」の抒情が生まれました。

『新古今和歌集』の名歌

以下、『新古今和歌集』の代表的な和歌を少しばかり並べてみます。

み吉野の高嶺（たかね）の桜散りにけり嵐も白き春のあけぼの　（後鳥羽上皇）

吹きおろす山風に桜の花びらが乱れる春の夜明けです。京都市東山区にあった最勝四天王院の襖に描かれた絵を題材にした和歌で、実景を眺めて詠んだわけではありません。

またや見む交野（かたの）のみ野の桜狩り花の雪散る春のあけぼの　（藤原俊成）

「桜狩り」は桜の花を尋ねて歩くこと。「み野」は「野」に美称を付けた語で、「交野のみ野」は皇室の狩り場があったところです。俊成八十二歳の作で、自らの余命を想い、この美しい情景はもう二度と見ることはないだろう、という感慨が込められています。ちなみに俊成は九十一歳まで存命しました。

暮れてゆく春のみなとは知らねども霞に落つる宇治の柴舟　（寂蓮法師）

去りゆく春の行き着く先は分からないけれど、霞の中に落ちるように柴舟が宇治川を下ってゆく……春も同じところに去って行くのか。暮春の寂しさが、風景画のように詠まれています。

梅の花にほひをうつす袖の上に軒もる月の影ぞあらそふ　（藤原定家）

梅の花が匂いを移した袖の上に、軒を漏れて来る月の光が、梅の香と競うように映っていることだ……。袖は懐旧の涙に濡れています。在原業平の「月やあらぬ春や昔の春ならぬわが身一つはもとの身にして」の物語をイメージさせる妖艶な和歌です。業平の歌は、懐旧の涙に濡れながら詠まれたものでした。

「花の香」は桜か梅か

薄く濃き野辺の緑の若草に跡まで見ゆる雪のむら消え　（宮内卿）

ある所は薄く、ある所は濃い野辺の緑の若草によって、雪がまだらに消えた跡までが分かることです。宮内卿は式子内親王や俊成女と並ぶ「新古今時代」を代表する女性歌人。この和歌の好評から「若草の宮内卿」と呼ばれるようになりました。

風通ふ寝覚めの袖の花の香に薫る枕の春の夜の夢　（俊成女）

風が吹き通う寝覚めの袖が、風の運んで来た花の香に薫り、枕もその香で薫っている。その枕で見ていた、はかない春の夜の美しい夢の名残りよ……。甘美な夢の余韻を、現代語訳が馴染まないような夢幻的な情調で詠んでいます。作者は「花の香」で「梅の香」を詠んだようですが、『新古今和歌集』の撰者は「桜の香」とみなし、桜の花が連なる歌群に配列しています。梅の花の歌として味わうほうが、趣きがあるように思えるのですが、どうでしょうか。

凍りついた冬の月

志賀の浦や遠ざかりゆく波間（なみま）より凍りて出（い）づる有明の月　（藤原家隆）

「志賀の浦」は近江国の歌枕で、琵琶湖の西岸。この歌では、志賀の浦が岸辺からだんだん凍ってゆき、それにつれて波打ち際が遠ざかって行きます。その波間から有明の月が、氷りついたような冷たい光を放って出て来る、という厳冬の光景を詠んでいますが、「湖上の冬月」という題に基づく歌合せの和歌で、実景を見ての作ではありません。月と言えば秋のイメージがありますが、『新古今和歌集』には冬の月を詠んだ歌が多く収められています。

作者の藤原家隆は、藤原俊成に和歌を学んだ公卿歌人で、『新古今和歌集』の撰者の一人です。藤原定家とは生涯にわたる友人で、互いに才能を認め合う良きライバルでもありました。後鳥羽上皇の歌壇では、定家と並び称される有力歌人として活躍しています。藤原家隆の和歌でよく知られているのは、『小倉百人一首』にも選ばれた次の歌ではないでしょうか。

風そよぐ楢の小川の夕暮れは禊ぞ夏のしるしなりける　（『新勅撰和歌集』）

「楢の小川」は上賀茂神社（京都市）の御手洗川のことです。後鳥羽上皇の信任が厚かった家隆は、「承久の乱」の後も隠岐の上皇への忠誠は変わらず、上皇との交流を絶やしませんでした。

3　藤原定家と後鳥羽上皇

和歌文芸史の巨人・定家

藤原定家の和歌がつい目につくようになってしまいましたが、ここで定家という歌人にちょっと注目してみたいと思います。藤原定家は日本の和歌文芸史の巨人とも言える人でした。多くの秀歌を詠んだだけでなく、二つの勅撰和歌集の撰者となり、更には『近代秀歌』や『詠歌大概（えいがのたいがい）』などの歌論書を書き、古典の書写・校訂にも携わるなど、古典文学の研究において後世に大きな影響を与えています。

定家は『源氏物語』や『土佐日記』、『更級日記』、『伊勢物語』などを後世に伝えるため、それらの書写に打ち込んでおり、こうした写本は現代の古典研究に大きく貢献していますし、『小倉百人一首』のような秀歌撰も残しています。私たちが古典に馴染むことができるのも、定家のお蔭と言える部分が少なくありません。

ちなみに、我が国初の仮名日記『土佐日記』を書くことで、紀貫之は仮名文字の普及に貢献したと言えるかもしれませんが、定家は貫之自筆の『土佐日記』を書写して写本を作る時、貫之自身の筆跡を後世に伝えようと、日記の最後の部分を精密に模写しており、この写本は国宝に指定されています。

また、源実朝の和歌の師として、歌論書『近代秀歌』を書いて送り、秘蔵の『万葉集』も実朝に贈呈しています。

後鳥羽上皇との出会いと葛藤

藤原定家の歌人としての活躍は、後鳥羽上皇との出会いが実に大きかったと言えるでしょう。和歌の道に日覚めた上皇が、「正治初度百首（しょうじしょどひゃくしゅ）」という試みをしたことがありました。貴族たちに百首の歌を詠んで差し出すよう命じたのですが、この時、定家が提出した百首の和歌を見て、後鳥羽上皇は深く感銘を受け、定家はその才能を見出されて高く評価されたのです。『新古今和歌集』に選ばれた次の和歌も、「正治初度百首」の作品でした。

駒とめて袖うちはらふ蔭もなし佐野のわたりの雪の夕暮れ　（『新古今和歌集』）

『万葉集』の和歌の本歌取りですが、本歌の雨を雪に変え、白一色の中で旅人が馬を進める情景を絵画的な趣きで詠んでいます。

上皇の歌合せや歌会に、定家は参加するようになり、その後、和歌所の寄人に選ばれ、『新古今和歌集』の撰者にもなりました。十八歳年下の上皇は定家のよき理解者であり、恩人とも言えますが、上皇にとっても定家は、自身の詠歌を磨くためのかけがえのない存在でした。上皇あっての定家、定家あっての上皇というわけです。

しかし、定家の和歌に純粋な精神は、妥協を許さぬ頑固な姿勢を伴って、上皇と幾つかの軋轢（あつれき）を招きます。たとえば紫宸殿の左近の桜を詠んだ定家の述懐の和歌を、後鳥羽上皇は称賛しますが、定家自身は気に入りません。

春を経て御幸（みゆき）になるる花の陰ふりゆく身をもあはれとや思ふ　（『新古今和歌集』）

この歌を上皇が『新古今和歌集』に選んだ時、定家は頑強に反対しました。後に上皇は、定家が傍若無人で人の言うことを聞こうとしない、などと書いて、このいきさつにも触れています。また、『新古今和歌集』の完成を記念する祝宴が催された時、勅撰集では先例がないと批判して、定家は出席しませんでした。更には、定家が上皇の歌評をけなして、歌の善悪が最もよく分かっているのは自分だ、などと言ったとかの讒言が、上皇の耳に達して不興を招いたりもしたようです。

定家の苦労と挫折

ところで、定家は摂関家の九条（藤原）家に家司として仕えていました。家司は家政の職員のことで、今風に言えば執事みたいなものです。定家には、歌人としての活躍はともかく、官職の昇進が遅いという不満が常にあって、除目（官職の人事）の時期になると、心中穏やかではありませんでした。希望がかなわぬことで怒りを爆発させ、日記『明月記』で昇進した者への罵詈雑言を浴びせるなどして、そんな時はパニック状態に近かったようです（『明月記』元久元年四月十三日）。

妻を二度得ていますが、二番目の妻との間の息子・為家を溺愛していました。為家は後に「歌の家」を継ぐ人ですが、定家の注ぐ愛情は尋常ではなく、こんなこともありました。後鳥羽上皇の水無瀬離宮への御幸に定家も供奉することになりましたが、可愛い為家はこの時、高熱を出していました。

定家は為家の病状を憂い、悲痛な和歌を詠みました。

行蛍(ゆく)なれもやみにはもえまさる子を思ふ涙あはれしるやは

（『明月記』建仁二年五月二十八日）

蛍よ、お前も闇の中で思いが燃えさかっているのか、子を想って涙を流している私の気持ちを、お前は分かってくれるか……と詠んでいる定家は、あの妖艶な「春の夜の夢の浮橋とだえして峰に別るる横雲の空」の天才歌人ではありません。我が子を心配して錯乱するばかりの、ごく平凡な父親が、ごく普通の和歌を詠んだだけです。後鳥羽上皇には何かと振り回されることの多い定家でした。二番目の妻の生んだ為家と娘の因子(いんし)は、順調に出世していますが、官位への欲求の強かった定家は、晩年も猟官運動に励んでいます。

定家は気難しくてプライドが高く、自己チューで頑固な人だったようです。短気なところもあって、後に「歌徳説話」との関わりで述べますが、宮中で暴力沙汰も起こしています。偉大な人物ではあるけれど、お友だちになるのは、ちょっとどうかな……という人だったかもしれませんね。

後鳥羽上皇の怒りを招いた歌

順徳天皇の内裏歌会に定家が二首の和歌を提出した時のことです。後鳥羽上皇は順徳天皇の歌会の作品にはいつも目を通していたのですが、定家の詠んだ歌の一首に激しく怒り、今後、内裏歌会への出席を禁止すると命じました。問題になったのは、「野外柳」と題する次の和歌でした。

道のべの野原の柳下もえぬあはれなげきのけぶりくらべに　（『拾遺愚草』）

道ばたの野原の柳は下萌えをしたな。ああ、まるで私の胸の中で立ち昇る歎きの煙と、競うかのようだ……。歌の中の「下もえぬ」は、「下萌えぬ」だけでなく「下燃えぬ」とも読めます。この和歌はどうやら、菅原道真が左遷されて筑紫で詠んだ次の歌を、念頭に置いているようなのです。

夕されば野にも山にも立つ煙なげきよりこそ燃えまさりけれ　（『大鏡』）

この歌が連想されるとしたら、燃えさかる歎きの炎が煙になる、という道真の恨みの歌に近い心境だと言っているようなもので、上皇はそこを咎めたのかもしれません。内裏歌会という晴れやかな場の和歌としては、何だか不吉な気もします。

それにしても定家の受けた処罰は歌人としては厳しいもので、なぜ上皇をそこまで激昂させたのか、その理由には諸説があり、この出来事の真相は明らかではありません。

後鳥羽上皇との決別

定家は後鳥羽上皇から勘当されたわけですが、この勅勘が解かれないまま「承久の乱」に至り、隠岐に配流された上皇と、その後も音信を交わすことはありませんでした。定家に比肩する大歌人にして大恩人たる後鳥羽上皇と、定家は永別したのです。ただ、二人はお互いの動静をかなり気にかけていたらしく、あるいはそれぞれの活動に影響を与え合っていたかもしれません。

一方、定家のライバルで歌友だった藤原家隆は、先に述べたように、「承久の乱」の後も、隠岐の上皇への忠誠を変えず、手紙や和歌を送って交流を続けました。晩年も旺盛な作歌活動を続けていますが、官位については不遇だったようです。定家は正二位権中納言として、晩年は経済的にも社会的名誉にも家族にも恵まれ、後鳥羽上皇の死の二年後、八十歳の生涯を終えました。

後鳥羽上皇は隠岐に配流された後、京に戻ることなく、六十歳で亡くなっています。藤原俊成に和歌を師事した後鳥羽上皇は、歌壇を主宰して「新古今時代」を到来させ、新たな歌人の発掘にも熱心でした。空前絶後だった『千五百番歌合』の主催や『新古今和歌集』撰進の下命など、和歌文芸史に大きな足跡を残しています。『新古今和歌集』巻頭歌の次に並んだのが、後鳥羽上皇のこの和歌でした。

ほのぼのと春こそ空に来にけらし天(あま)の香具山霞たなびく　(『新古今和歌集』)

また、後の章で触れますが、いわゆる帝王ぶりとされる名歌も残しています。

4　平家の公達と宮廷女房の悲恋

建礼門院右京大夫と平資盛の恋

ここでちょっと脱線したいのですが、建礼門院右京大夫（けんれいもんいんのうきょうのだいぶ）は新古今集歌人たちと同時代の女房歌人で、彼女と平家の公達・平資盛（すけもり）との劇的な悲恋は、後世で多くの共感を得ています。

建礼門院右京大夫は、高倉天皇の中宮・建礼門院徳子に仕える女房でした。平資盛は平清盛の孫で、右京大夫の年下の恋人でしたが、平家の都落ちで西に逃げ、壇ノ浦で入水による最期を遂げました。右京大夫が残した『建礼門院右京大夫集』は、源平動乱と平家滅亡の時代を背景に、平資盛との恋愛をメインに綴った自伝的な歌集で、二人の恋歌の贈答を偲ぶことが出来ます。次の和歌は、建礼門院右京大夫が西に落ちのびた平資盛に贈った中の一首です。

同じ世となほ思ふこそ悲しけれあるがあるにもあらぬこの世に
（建礼門院右京大夫）

あなたと同じ世に生きていると思うのが、今はとても悲しいことです。生きているのが生きていることにならない、この世ですから……。これに対する資盛からの返歌の一首が次の歌です。

あるほどがあるにもあらぬうちになほかく憂きことを見るぞ悲しき
（平資盛）

生きていても生きていることにならない中で、さらにこんなつらい目を見るのは本当に悲しいことです。

ついに恋人の悲報が

資盛の見なれた直衣姿を夢に見たりして、恋人の安否を気遣って過ごしていたある時、こんなことがありました。先程の和歌の贈答より前のことと思われますが、親類の人と物(もの)

詣(もう)でをした帰りに、梅の花がきれいに咲いているところがあったので、連れ立って眺めていると、あるじの僧侶らしき人にこう言われました。

「毎年、この花を独り占めにして愛(め)でた方がいたのですが、今はもういらっしゃらなくて、今年は花も空しく咲いて散ることですよ」

連れの者が「それは、どなたですか?」と聞いたら、何と資盛の名前が出たので、右京大夫は心がかき乱されてしまいます。それでも資盛のことを語り合える心の友(梅の花)と出会えたことで、右京大夫の気持ちもなごみました。しかし、その後、ついに恋人があの世に逝ったという悲報を耳にします。資盛から後世(ごせ)を弔ってほしいと言われたことを肝に銘じていたので、右京大夫は悲嘆にくれながらも、一人だけで供養をして、そのことを支えに生き続けます。

琵琶湖のほとりで資盛をしのぶ

資盛の領地だったところや、都落ちで焼失した邸宅跡など、恋人との思い出の場所を訪ねて面影に浸ると、悲しみがつのるばかりでした。資盛の哀しい追憶を振り払おうと、都を離れて旅に出た彼女は、琵琶湖のほとりで、風が強く吹く荒涼たるさまを見て、こう詠みました。

恋ひしのぶ人にあふみの海ならば荒き波にもたちまじらまし

（『建礼門院右京大夫集』）

「あふみ」は「逢ふ身」と「近江」を懸けています。近江の海があの人に逢える海なら、荒い波にも耐えて、ここに住むのだけれど……。波の底に沈んだ資盛が、もしもここにいるのなら、どんなところでもかまわない、という気持ちなんですね。

四十歳の頃、彼女は後鳥羽天皇に仕える女房として、再び宮中に入ります。資盛の死から十年後くらいのことですが、宮廷で公卿の姿を見かけても、つい資盛の姿を重ねて想い見てしまい、悲しくなるような有様でした。

勅撰集には「昔の名前で」

『建礼門院右京大夫集』は、八十歳近くになって、藤原定家に『新勅撰和歌集』編集のために家集（歌集）を求められたと感謝を込めて書き、定家との贈答歌で終わっています。定家に勅撰集に歌を掲載する時、名前をどうするか希望を聞かれ、彼女は「昔の名前で」と答えています。はるか昔、建礼門院の女房だった頃の「建礼門院右京大夫」です。『新勅撰和歌集』には、彼女の歌が二首ほど、昔の名前で出ています。何やら小林旭のヒット曲の名が思い浮かぶようです。

『建礼門院右京大夫集』の前半からは、彼女の若かりし青春時代の華やかな宮廷生活を通して、平安時代末期のきらびやかな王朝社会を眺めることができます。平家の貴公子たちとの歌の贈答や管弦の遊びなど、後宮サロンの社交の活気を、右京大夫は宮廷女房として謳歌したことでしょう。実は、資盛との恋愛のほかに、藤原隆信という男性との恋もあったのですが、右京大夫の最愛の恋人は、やはり資盛だったようです。

第五章　和歌の不思議な力

1　和歌に執心した歌人たち

『新古今和歌集』を中心に鎌倉時代の王朝和歌を見て来ましたが、次の時代に移る前に余談をちょっと楽しみたいと思います。和歌にあまりに打ち込み過ぎると、様々な悲喜劇が生まれるようで、以下は和歌の魔力に取り憑かれた歌人たちのお話です。更に、和歌で得をした有難い話も加えてみます。

大歌人の何気ない言葉が……

平安時代中期、公家歌人・藤原公任(きんとう)の家で、三月が終わる日、つまり春の最後の日に歌会が開かれ（旧暦の春は一月から三月）、暮れゆく春を惜しむ心を詠みました。旧暦の時代は、ひと月が三十日の「大の月」と二十九日の「小の月」があり、この年の三月は小の月でした。名立たる歌人だった藤原長能（ながとう）が詠んだのは次の歌です。

心うき年にもあるかな二十日あまり九日といふに春の暮れぬる　（『俊頼髄脳』）

まだ二十九日なのにもう春が終わるなんて、本当につらい年だなあ……。今年の三月が三十日あればよかったのに、という悔しさを詠んだのですが、これを聞いた藤原公任が「春は三十日だけか？」と言いました。春の季節は三か月だから九十日あるじゃないか……という気持ちで、何気なく言ったことでしたが、長能はそのままさっさと退出してしまい、翌年、病に伏せて危篤状態になりました。公任が見舞いの使者をやったところ、昨年の歌会で公任に言われたことがショックでこうなったと語り、次の日に亡くなったということです。

藤原公任と言えば、『新撰髄脳（しんせんずいのう）』『和歌九品（わかくほん）』など多くの著作もある高名な歌人です。「三船（さんせん）の才」の評判もあります。藤原道長が大井川で舟遊びをした時、道長が公任は「漢詩の船」「管弦の船」「和歌の船」のどれに乗るのだろうかと言った、あの逸話です。公任に誉められた和歌の詠草を錦の袋に納めて宝物とした歌詠みもいるくらいで、そんな公任のからかうような言葉は、長能にはあまりに重すぎたのでしょう。公任としては、深く考えずに軽い気持ちで言っただけだったでしょうが、だからこそ長能の死はかなりこたえたようで、大いに嘆いたそうです。

これほど和歌に執着している歌人の歌は、軽率に批判めいたことを言うと大変なことになる、という教訓でしょうか。

秀歌を命と引き換えに

また、源頼実（よりざね）という和歌への執心この上ない人がいて、和歌の神様「住吉明神」に、自分の命と引き換えに秀歌一首を詠ませて下さいと祈りました。

木（こ）の葉散る宿は聞き分（わ）くことぞなき時雨（しぐれ）する夜も時雨せぬ夜も

（『後拾遺和歌集』）

木の葉が散る家では、落ち葉も時雨も同じような音なので、時雨が降る夜なのか降らない夜なのか、聞き分けられないなあ。西宮の歌合せでこの歌を詠んで、特に評判にもならず、再び参詣して同じことを祈ったら、夢に住吉明神が現れ、「そなたは秀歌をすでに詠んだではないか」と言って、「木の葉散る……」の歌を示しました。

その後、この歌は秀逸だと大評判になり、勅撰集の『後拾遺和歌集』にも収められ、後世、名歌として高く評価されています。源頼実はというと、三十歳で若死にしましたが、これについては、危篤の時、祈禱をしたら、家にいた女性に住吉明神が憑いて、「そなたの祈りをかなえて秀歌を詠ませてやったから、このたびは助かるまいよ」と告げたという話もあります。頼実は命と引き換えに不朽の名歌を得たわけです。

「私の歌を返せ」と泣く亡者

自分の歌を盗まれた歌人が、死んでから盗んだ者の夢に現れ、「私の歌を返せ」と泣く泣く訴えたという逸話を、藤原定家が歌論書『毎月抄(まいげつしょう)』に書いています。勅撰和歌集に入集するほどの秀歌だったようですが、死者の妄執が受け入れられたのか、勅撰集から抜かれたそうで、「まことに哀れにぞおぼえ侍る」と定家は記しています。本当に胸をうたれることだというわけです。

　自作への執心が死後も続くことでは、歌人の道因法師についてこんな話も。道因が死んだ後、彼の和歌が勅撰集『千載和歌集』に十八首選ばれたのですが、喜んだ道因が撰者の夢に現れ、涙ながらに礼を述べたので、撰者の藤原俊成は彼のけなげな心に感じ入って、二首を追加入集させたということです。

　また、和歌ではなく、その題材を盗まれた歌人もいます。信濃の国に「風の祝（ほうり）」という神職の行事がありました。風を鎮めるための諏訪の神事でしたが、歌論書『袋草紙』によれば、ある歌人が源俊頼（としより）に、このような習俗があるので和歌に詠もうと思う、と語りました。源俊頼は勅撰集『金葉和歌集』の撰者を務めたほどの大歌人です。俊頼はそんな世俗の事など絶対に詠むべきではないと答え、歌人は納得して歌に詠むのをあきらめました。ところが、その後、俊頼はその着想をちゃっかり頂いて、「風の祝」を自作の和歌に詠んだのです。


信濃なる木曾路の桜咲きにけり風の祝（ほうり）に隙間あらすな　（『袋草紙』）

俊頼に相談した歌人は後悔したそうですが、俊頼にしてみれば、こういう素材で和歌を詠むのは、自分のように相当な力量がなければ失敗する、ということだったのかもしれません。

自作を琵琶法師に歌わせる

歌道に執心する歌詠みとして、道因の話をもう少し続けます。さる公卿の屋敷を前述の（和歌の題材を盗んだ）源俊頼が訪ねた時、傀儡（くぐつ）たちが参上して歌を歌ったのですが、たまたま俊頼の和歌も歌われ、自作がこれほど普及するような名人になったと、俊頼は自賛するように呟きました。

この話を聞いて羨（うらや）んだ歌人の永縁（ようえん）僧正は、俊頼のように自分の和歌も広めたいと思い、琵琶法師に色々と褒美を与え、次の歌をあちこちで歌わせました。

聞くたびにめづらしければ時鳥（ほととぎす）いつも初音（はつね）の心地こそすれ　（『金葉和歌集』）

時鳥の声って聞くたびに新鮮だから、いつ聞いても初音のような気がするなあ。

このことが世の人に伝わり、そこまでやるとはめったにいない和歌の数寄者だ、と評判になって、永縁は「初音の僧正」と呼ばれるようになります。それを聞いて羨ましくなり、ぜひ自分も……と思ったのが前述の道因法師ですが、彼はかなりケチだったので、琵琶法師たちに何も物を与えず無理やり歌わせ、世間の笑い者になってしまいました。

ちなみに永縁僧正の時鳥の歌は、勅撰集『金葉和歌集』に選ばれていますが、実はこの歌については、気になるエピソードがあります。この和歌は高階政業（たかしなまさなり）なる歌人が、ある法会に献じて詠んだ歌なのに、その法会の講師だった永縁が、ぜひ自分の歌にしてくれと頼み込んだので、その場の皆が協議して永縁の作と認めた、というのです。衆議の結果に永縁は感涙をぬぐったと言いますが、真偽のほどは分かりません。

和歌の数寄者二人が会うと

さて、和歌の風流に執着する数寄者と言えば、能因法師と帯刀節信（たちはきときのぶ）が自慢の引き出物を見せ合った話は、何だか異様です。

二人の数寄者が感激の対面をした時のこと。能因が「お会いする記念に用意したものがあります」と言って、懐中から取り出した袋の中のものを見せ、「これは長柄（ながら）の橋を造った時のかんな屑（くず）です」と自慢げに申します。節信はたいそう喜び、自分も懐中から取り出した紙の包みを開け、干からびた蛙を見せて、「これは井堤（いで）の蛙（かわず）でございます」と誇らしげに披露しました。というのがあらましですが、もちろん説明が必要でしょう。

まず、「長柄の橋」は九世紀の史料に載る古い橋で、現在の長柄橋（大阪市）付近にあったようですが、早くから朽ち果ててしまい、古くなってゆくもの、はかなさへの哀惜の感慨が、歌人たちを惹きつけて、歌枕として多くの歌に詠まれて来ました。

世の中に古（ふ）りぬるものは津の国の長柄の橋と我となりけり　（『古今和歌集』）

世の中で古びてしまったものは、津の国の長柄の橋とこの私だけだなあ。

能因が見せたのは、かの有名な「長柄の橋」を造った時のかんな屑だというわけで、和歌の数寄者には絶品の宝物という自負があります。

次に「井堤の蛙」ですが、京都府の「井手」は古くから山吹と蛙が有名な歌枕の地で、歌人たちに多くの和歌を詠まれて来ました。

あしひきの山吹の花散りにけり井手のかはづは今や鳴くらむ　（『新古今和歌集』）

山吹の花は散ってしまったな。井手の蛙は今頃鳴いているだろうか。

節信が見せたのは、井手にいた蛙の干物だったのでしょう。互いに披露するだけの引き出物なので、二人は感激して意気投合した後、それぞれ自分の宝物を懐中に戻して別れました。かんな屑と蛙の干物で二人は感動し合えたのです。ちなみに「春は三十日だけか」と公任に言われて死んだ長能は、能因の歌の師でした。歌道に執着する歌人の師弟関係にも興味は尽きません。

歌枕の萩を掘り取って京に帰る

宮城野（みやぎの）（仙台市）は萩で有名な歌枕の地で、古くから和歌に詠まれて来ました。

宮城野のもとあらの小萩露を重み風を待つごと君をこそ待て　（『古今和歌集』）

宮城野の下葉のまばらな小萩が、重い露を落とす風を待っているように、あなたがおいでになるのを、私はひたすら待っております。

陸奥守だった橘為仲は、任期を終えて京に帰る時、見せびらかすつもりだったのか、宮城野の萩を掘り取って持ち帰ったので、為仲が京に入る日は、見物の人出で京の町は大変だったようです。二条大路に大勢の人が集まり、物見車も並ぶなどの賑わいで、為仲としては数寄者の面目が立ったでしょうか。

数寄者の風流と言えば、その趣は人によって様々で、平安時代中期の貴族・源顕基（あきもと）は「罪なくして配所の月をみたいものだ」と、いつも言っていたそうです。無実の罪で流された地で月を眺める、という境遇に身を置くのが、顕基にとっては流浪に憧れる風流心なのでした。

似たような話が『徒然草』に書かれています。鎌倉時代後期、六波羅に連行される著名な歌人の姿を見て、公家の日野資朝（すけとも）が、「ああ、羨ましい。人と生まれたからには、あのようになってみたいものだ」と、話したというのです。資朝なりの人生観に基づく風流心だったのでしょう。資朝は後醍醐（ごだいご）天皇の側近でした。倒幕計画が発覚して六波羅に捕らえられ、佐渡に流されて、後に処刑されています。

2　和歌で得をした有難い話

紀貫之と蟻通明神

和歌の魔力に取り憑かれた人もいれば、一方では和歌の徳に助けられた人もいました。和歌を詠むことで神仏や人の心を動かし、幸運を掴んだり、災いを免れたりして得をする、という「歌徳」の説話は多く残り、和歌の功徳と効用が説かれています。

盗みの疑いをかけられた宮中女房が、菅原道真を祀る北野神社に参籠して、「無実の罪で苦しんだ辛さを、現人神（あらひとがみ）のあなた様も思い出されますか」という和歌を詠んだら、真犯人が発覚した。讒言によって昇殿を停められた公卿が、北野神社に鏡と共に和歌を捧げたら無実の疑いが晴れた。……などと、和歌の功徳に触れる話は色々ありますが、有名なのは紀貫之の説話でしょう。

紀貫之が紀伊国から帰京する途中、蟻通（ありとおし）明神（大阪府）の前を乗馬のまま通って、神様に無礼を咎められ、馬が倒れてしまいます。「おまえは和歌の奥義を極めた者だから、その極意を顕わせば許してやろう」と言われ、貫之が次の和歌を詠んで奉ると、神様が歌に感応したのか、馬は起き上がっていないないた……というのが、幾つか伝えのあるこの説話の一つです。

あま雲のたちかさなれる夜半(よわ)なれば神ありとほし思ふべきかは　（『俊頼髄脳』）

厚い雨雲が空を覆う夜だったので、蟻通の神様がおられるとは思いもしませんでした。

紀貫之の栄光と不遇

紀貫之の話が出たところで、この機会に彼のキャリアに触れたいと思います。紀貫之は『古今和歌集』の編纂でリーダーシップを発揮し、以後、歌壇の指導的な立場に立ち、歌人としての名声を高めましたが、官人としてはまことに不遇でした。位階が従五位下に叙せられて貴族になったのは、四十代になってからで、六十歳を過ぎて土佐守に任ぜられ、ようやく国司になりました。

貫之には藤原兼輔(かねすけ)、藤原定方など公卿歌人の庇護者がいましたが、土佐に赴任している間に、こうした後ろ盾の有力者が次々に亡くなります。また、醍醐天皇の勅命で『新撰和歌』という撰集を土佐守在任中から編纂し、帰京後に完成させたのですが、貫之が土佐にいる間に天皇崩御があり、奏覧がかなわなかったのも不運でした。

『土佐日記』は、任地の土佐から帰京するまでの海路の五十五日間を綴った日記で、女性の立場に仮託して、かな文字で書かれています。貫之夫妻は、京で生まれた愛娘を赴任先の土佐で亡くしており、『土佐日記』には我が子を失った悲しみが全編に滲んでいます。任を終えて都に帰ると、自宅は荒廃しており、この家で生まれた愛児の姿もありません。荒涼たる思いの中で『土佐日記』は書かれました。

死期の迫った貫之の辞世

王朝社会では身分の低かった貫之ですが、『古今和歌集』編纂後の活躍は際立っていました。屏風歌の名手でもあり、また、勅撰和歌集には歌人の中で最も多く選ばれていると言われます。『古今和歌集』は日本人の四季の美意識の原型を作り、それは私たち現代人の季節感の源流にもなっていますが、編纂のリーダーだった貫之は、我が国初の歌論と言うべき「仮名序(かなじょ)」を書くなど、和歌文芸の発展に貢献し、日本文学史に不滅の功績を残しました。代表作の一つを添えておきます。

桜花散りぬる風のなごりには水なき空に波ぞ立ちける　（『古今和歌集』）

桜の花を散らした風のなごりとして、水のない空に波が立っていることだ。花びらが宙に舞っているのを、波のようだと見ているわけです。

晩年の貫之には、身分を超えて親しくつきあっていた貴族の友人がおり、死期の迫った貫之は、彼に辞世の和歌を贈りました。

手にむすぶ水にやどれる月影のあるかなきかの世にこそありけれ　（『貫之集』）

手にすくう水に映っている月のように、あるかなきかというほどの、実にはかない人生だったなあ……。受け取った友人がすぐ返事を出さずにいるうちに、貫之は亡くなったということです。七十七歳頃だったとか諸説があります。位階は従五位上に終わり、官吏としては恵まれない生涯でした。

紀貫之の娘が村上天皇に

ところで紀貫之の娘について、歴史物語の『大鏡』に有名な話があります。清涼殿の前の梅の木が枯れたので、村上天皇が代わりの木を探させます。都じゅうを回って、西の京の家で見つけた梅の木を掘り取り、内裏に持ち帰りますが、枝に結びつけられた主人の文に、女の筆跡で和歌が書かれていました。

勅なればいともかしこしうぐひすの宿はと問はばいかが答へむ　（『大鏡』）

勅命ですから謹んで献上致しますが、いつもこの枝に来る鶯が、私の家はどうなったかと聞いたら、何と答えましょうか。

これを読んだ村上天皇が調べさせたら、紀貫之の娘の住む家だと分かった、という話でした。和歌は貫之の娘（紀内侍（きのないし））が詠んだというわけです。同じ和歌が『拾遺和歌集』にも載っていますが、天皇の名も歌の作者名もなく、この和歌の奏上で掘り取るのをやめた、と左注に書かれています。左注とは和歌の後ろにつける注のことで、その歌の補足説明などが書かれます。

自宅の庭の木に勝手なことをされる話は他にもあります。平安時代中期の左大臣・藤原仲平は、ある屋敷にあった柏の木の枝を折りに、使いをよこしました。女性の主人は枝を折らせ、和歌を書いて託します。

わが宿をいつかは君がならし葉のならし顔には折りにおこする　（『大和物語』）

あなたは私の家に、一体いつ自分の家のようにお馴れになったんでしょうか。馴れ馴れしく枝を折りに、使いの人をよこすなんて。左大臣から謝罪の返歌があったようですが、権力者ならこれくらいのことはやりかねない時代だったんですね。

和歌で笞打ちをまぬがれた老人

さて、歌徳の話に戻りたいと思います。前述の能因にも、雨が数ヶ月降らなくて困っていた伊予守（愛媛県）に頼まれ、神社に降雨を請う和歌を奉納したら、三日間、大雨が降り続けた、という伝承がありますが、和歌には、神様だけでなく人の心を動かす功徳もあったようです。
大隅（おおすみ）守（鹿児島県）が国司として、だらしない郡司を罰しようとした時の話です。不始末ばかりしでかす郡司の不行状に国司が呆れ、笞（むち）打ちで罰しようと準備して呼び出しますが、連行されて来たのは、白髪頭（しらがあたま）の哀れな年寄りでした。笞で打つのは不憫だし、何とか許してやろうと思うのですが、なかなかその口実が見当たらず、「おまえ、和歌は詠めるか」と聞いたら、「たいしたことはありませんが、何とか詠んでみましょう」と答え、郡司は震えながら和歌を詠み上げました。

年を経て頭（かしら）の雪はつもれどもしもと見るにぞ身は冷えにける　（『宇治拾遺物語』）

年を取って頭に雪は積もりましたが、そんな私も笞（しもと）を見ると体が冷えてぞっとします。笞は「しもと」と読むので、歌の中の「しもと」は「笞（しもと）」と「霜と」の掛詞になっており、「霜」を見ると身が冷える……という意味も含んで、笞を怖がっています。国司はたいそう感じ入って許してやったそうで、この説話を伝える『宇治拾遺物語』は「人は風流の心を持つべきだ」と説いていきます。これが秀歌かどうか分かりませんが、何てことない老人が、ただ和歌を詠めたというだけで、ひどい目にあわずにすんだのです。

親に和歌で助けられた藤原定家

和歌で助かったと言えば、藤原俊成は息子の藤原定家を、和歌で救ったことがあります。二十三歳の若き定家が、宮中で同僚の源雅行に愚弄され、カッとなって脂燭（しそく）（小さな照明具）で顔を殴るという出来事がありました。

雅行に非があったとはいえ、暴力沙汰はまずかったようで、定家は不行状を咎められ、殿上人としての昇殿を停められました。そこで父親の登場です。俊成は後白河法皇に、法皇の近臣を通して和歌を添えた書状を差し上げ、息子を許して下さるよう嘆願しました。

あしたづの雲路（くもじ）まよひし年暮れて霞をさへや隔てはつべき　（『千載和歌集』）

葦辺の鶴が雲路に迷った年は暮れました。春の霞さえも、すっかり隔ててしまうのでしょうか。息子のお許しが出ないまま年は暮れてしまいましたが、春になっても、息子にはお許しが出ないのでしょうか……と、切々と訴えた和歌を、法皇は憐れに思い、定家の再びの昇殿が許されたということです。俊成が後白河法皇の下命で第七代勅撰集『千載和歌集』を編纂していた頃だったというのも、有利に働いたかもしれませんが、俊成はこの時だけでなく、後にもまた、息子の定家をサポートしています。

後鳥羽上皇にも父が訴えた

後白河法皇の孫・後鳥羽上皇が企画した『正治初度百首』という和歌のイベントがあった時、ライバル歌人の企みで、定家は当初、参加する作者の人選から漏れますが、父の俊成が後鳥羽上皇に奏状を送って不当を訴えると、上皇はすぐに受け入れ、定家は二十三人の作者の一人に選ばれました。

この『正治初度百首』で後鳥羽上皇が定家の才能を認め、その後、二人はライバルとして切磋琢磨しながら、いわゆる「新古今歌風の時代」を到来させるのですから、定家の活躍と栄光の素地を父・俊成が作ったとも言えるでしょう。

暴力沙汰による定家の不遇を父が救った話は、現代で言えば以下のようになりましょうか。不始末をしでかして左遷された社員の父親が、息子の許しを乞い願う和歌を詠んで、社長に送ったところ、親の切なる思いを汲んで、何と元の職場に復帰させて下さった。ありえない話ですが、トップがもし和歌オタクだったら、ひょっとして……。

従者の和歌で主人が面目をほどこす

左大臣・藤原時平（ときひら）と言えば、菅原道真を失脚させたことで有名ですが、その時平の屋敷に夜遅く、右大将・藤原定国（さだくに）が突然、訪れた時のことです。よそで酒を飲み、酔っ払って立ち寄ったのですが、時平が「どこに行かれたついでですか」と言い、中へ招き入れるために、屋敷の家人（けにん）たちが格子をあわてて上げる騒ぎになりました。

定国のお供に控えていた壬生忠岑（みぶのただみね）（『古今和歌集』の撰者）が、主人に代わって挨拶します。寝殿造りなので、寝殿から庭に降りる階段がありますが、忠岑はその階段の下でひざまずいて、和歌を詠んだのです。

かささぎの渡せる橋の霜の上を夜半（よわ）に踏みわけことさらにこそ（『大和物語』）

寝殿の階段の霜の上を、こんな夜更けに踏み越えて、わざわざお伺いしたのでございます。どこかよそへ行ったついで、というわけではありません。

「かささぎの橋」とは、七夕の夜、かささぎが翼を並べて天の川に渡す橋のことです。寝殿造りの時平邸で、階段をその橋になぞらえて詠む、という趣向でしたが、時平は心にしみて味わい深いと感じ入り、酒や音楽で夜通し遊び楽しんだ上、定国も忠岑も引き出物や褒美の品を賜わりました。

よそで飲んだくれたあげく、いきなり押しかけたくせに、忠岑の詠んだ即興の和歌でごまかして、主人もお供も得をした……という話です。ちなみに壬生忠岑の歌は、『小倉百人一首』にも選ばれた大伴家持の次の和歌を踏まえています。

かささぎの渡せる橋に置く霜の白きを見れば夜ぞ更けにける　（『新古今和歌集』）

飛鳥山の桜と歌の家

和歌の功徳と効用を少し広げて考えるなら、江戸時代に冷泉為久の詠んだ和歌も「歌徳」に含めてよいかもしれません。

飛鳥山公園（東京都）が桜の名所になったのは、徳川吉宗が千三百本の桜を植えて江戸の庶民に開放したのが始まりですが、藤原定家の子孫・冷泉為久は、飛鳥山の桜を和歌に詠んでいます。武家伝奏として江戸に来た折、吉宗の意向で飛鳥山の桜の枝が贈られたので、これを和歌に詠み、その詠草は重宝として大切に扱われました。

折枝の色香を見ずばあすか山花の所の春もしられじ　（『飛鳥山碑始末』巻二）

武家伝奏は朝廷と江戸幕府の連絡役を務める公家のことで、この頃は定員二名でした。冷泉家は藤原俊成や定家の御子左家を継ぐ和歌の名門です。定家の孫の代で御子左家は二条・京極・冷泉の三家に分かれましたが、現在まで「歌の家」として存続して来たのは冷泉家だけです。

その冷泉家の十四代為久が飛鳥山の桜を和歌に詠んだことは、吉宗をいたく喜ばせました。冷泉為久が「花の所」と和歌に詠んでくれたからには、飛鳥山は古来の名勝に準ずる場所となった、というわけで、たいそうご機嫌だったようです。「歌の家」の歌人が和歌を詠むことで、桜の名所としての評判を高めたのですから、これも和歌の効用と言えるのではないでしょうか。

優れた歌人だった足利尊氏

冷泉家の関わりで似たような話を続けます。

為久の先祖・冷泉為満は、徳川家康に秘蔵の定家筆「三代集」（古今集・後撰集・拾遺集の三勅撰和歌集）などを見せ、殊勝なことと家康を感動させています。家康は応仁の乱以来の戦乱で世の貴重な書籍が散逸したのを嘆き、古典籍の収集に熱心だったので、為満から貴重な文物を見せられて感嘆したのです。こうして為満は時の権力者の知遇を得て、江戸幕府との絆を持つことになるのですから、これも和歌の力がもたらした効用と言えるのではないでしょうか（山科言経『言経卿記』）。

また、勅撰和歌集に選ばれた作者は、王朝文化を体現するような歌人ばかりではなく、武将の和歌を収めた集もありますが、彼らの歌に四季の景物や雅な恋など、殺伐さと無縁の風雅な詠みぶりが見られるのも、和歌の不思議な徳というものでしょう。

たとえば、最後の勅撰和歌集『新続古今和歌集』（しんしょく）には、室町幕府の将軍・足利義教（よしのり）を殺害した武将・赤松満祐（みつすけ）のこんな和歌も入集しています。宮廷歌人の王朝和歌と見分けがつかないような詠みぶりです。

まさき散る嵐の末のうき雲や外山(とやま)をかけてなほ時雨(しぐ)るらん　（『新続古今和歌集』）

ちなみに、かの足利尊氏も勅撰和歌集に八十六首選ばれている歌人で、「秋山」を詠んだ次のような和歌があります。

入相は檜原(ひばら)の奥に響きそめて霧にこもれる山ぞ暮れ行く　（『風雅和歌集』）

夕暮れの鐘が檜(ひのき)の茂る原の奥で響き始め、霧に包まれている山が暮れてゆく。足利尊氏は後光厳(ごこうごん)天皇に編纂の下命を働きかけ、『新千載和歌集』という勅撰和歌集の成立に貢献しており、和歌に秀でた文人でもありました。

第六章　歌会と歌合せ

1 「歌会」よもやま話

趣向を凝らした歌題で

このあたりでそろそろ『新古今和歌集』以降の宮廷和歌を眺めたいところですが、その前に、人々が集まって詠み合う「歌会」や「歌合せ」にも、ここで少し目を向けてみたいと思います。

歌会は共通の題を決めて複数の出席者が自作の歌を披露するもので、内裏や貴族の家などで行われていました。詠むべき題は事前に知らされており（兼題）、参加者は自宅で詠んだ歌を懐紙に書いて歌会当日に持参し、それらが集められて講師（こうじ）が読み上げますが（披講（ひこう））、題を歌会の場で出されることもありました（即題）。

歌会の歌は、決められた題に基づいて詠む「題詠」なので、現実の体験や実際の感懐とは関係のない観念的な歌になりがちです。題詠と言えば、『小倉百人一首』にも選ばれた二条院讃岐の有名な次の恋歌も、彼女の恋愛体験を踏まえたものではなく、「寄石恋（石に寄する恋）」の歌題に従って想像で詠まれたものでした。

我が袖は潮干に見えぬ沖の石の人こそ知らね乾く間ぞなき　（『千載和歌集』）

私の袖は引き潮の時も見えない沖の石のように、あの人は知らないだろうけれど、涙に濡れて乾く間もありません。難しい題ですが、秘めた恋心を「沖の石」に例えて表現しています。題詠の作歌では、与えられた題の心をしっかり把握して詠むことが何より大事、とされていました。

さて歌会ですが、歌題はたとえば恋歌なら、「忍ぶ恋」や「片恋」などのほか、「逢ひて逢はざる恋」（一度は逢えたが、その後は逢えなくなった恋）とか、「門より帰る恋」（恋人に逢ってもらえず門前から帰る恋）、「途中に契る恋」（旅先で契りを交わした恋）、「住む所を忘るるした。

恋」（相手の居場所が分からなくなった恋）などと、趣向を凝らしたテーマが色々設定されま

令和と大宰府「梅花の宴」

ところで、令和の元号ですっかりお馴染みになった「梅花の宴」は、大宰府の長官だった大伴旅人が彼の邸宅で催した歌会でした。大宰府と九州諸国の役人を招き、庭に咲いた梅の花を題材に、みんなで和歌を詠み合った宴です。当時、梅は中国から渡来した珍しい植物でした。詠まれた和歌は『万葉集』巻五に収められています。

我が園に梅の花散るひさかたの天より雪の流れ来るかも　（大伴旅人）

わが家の庭に梅の花が散っている。天から雪が流れて来るのだろうか。

春さればまづ咲くやどの梅の花ひとり見つつや春日暮らさむ　（山上憶良）

春になれば真っ先に咲く庭の梅の花を、独りで眺めながら春の日を過ごすのだろうか。
憶良の歌には、大宰府で妻を亡くした旅人への心遣いが籠っていると言われています。
宴で詠まれた三十二首の和歌には漢文の序があり、その中の「初春令月　氣淑風和」から元号「令和」が選定されたのでした。「時は初春のよき月で、空気は澄みわたり、風は和(やわ)らいでいる」というのは、新しい時代にふさわしい麗しさに満ちているようです。

田舎兵士の歌に圧倒された歌会

このように奈良時代から行われていた歌会は、平安時代に入って盛んになりました。以下は、歌壇の有力者のある貴族が伏見の家で、「水上の月」という題で歌会を開いた時のことです。田舎から上って来た兵士がこの歌会のことを知り、当日、屋敷の若侍に「今夜の歌会の題でこのような歌を詠みました」と言って、自作の歌を詠じてみせました。

水や空空や水とも見えわかずかよひてすめる秋の夜の月

水が空なのか、それとも空が水なのか区別ができない。どちらにも澄み渡っている秋の夜の月だから……。若侍が歌会に集まっていた人々にこの歌を披露したところ、誰もが驚嘆してその歌を詠吟しました。素晴らしい出来ばえに圧倒され、歌人としての面目を失った彼らは、みな感じ入ったり恥じ入ったりして、退出したということです。
この歌は後に第二十代勅撰集『新後拾遺和歌集』に、「よみ人しらず」として収められました。

傑作を詠んで親に叱られる

大中臣能宣は『小倉百人一首』にも歌が選ばれ、勅撰集の『後撰和歌集』編纂で撰者を務めたほどの歌人ですが、若い頃、敦実親王の「子の日」の祝いに参上して、和歌を詠んだことがありました。
平安時代、正月最初の子の日は、小松を引き抜き、若菜を摘んで野遊びをし、宴を催したりするのが当時のならわしでしたが、能宣は親王が開いた「子の日」の祝いの席で、親王に賀の歌を捧げたのです。

千歳まで限れる松も今日よりは君に引かれて万代や経む　（『拾遺和歌集』）

命が千年と限られている松も、今日からはあなたに引かれて、万年も生き続けることでしょう……。なかなか評判がよかったので、すっかり気をよくした能宣は、歌人の父に誇らしげに話して、この歌を披露しました。父はしばらく、何度か息子のこの歌を吟じた後、激怒してそばの枕をつかむと、能宣を強く打って怒鳴りつけました。

「この愚か者め、もし帝（みかど）の子（ね）の日に召された時は、一体これ以上のどんな歌が詠めるというのだ」

これほどの傑作を作ってしまったからには、天皇の子（ね）の日に捧げる賀歌はこれ以上にはならない、まったくとんでもないことをしたものだ、というわけです。能宣は慌てて逃げ出しましたが、父の怒りは宮廷歌人の心得を教えようとする親の愛情だったのでしょう。

歌会のことではありませんが、それに近い話なので、取り上げてみました。

他人が作った歌で歌会に

他人が代作した歌で歌会に参加することもありました。平安時代の僧侶歌人・増珍は、和歌が不得手でしたが、代々の歌詠みの家に生まれた重代（じゅうだい）歌人という体面があり、いつも他の歌人に代作してもらった歌を持ってごまかしていました。事前に題を示される兼題の歌会なら、その題に合わせて常備の代作から適当に選べばいいのです。

それを暴露して困らせてやろうとたくらむ悪いお仲間がいて、兼題の歌会を催し、増珍はいつものように代作の歌を用意して参加しました。前もって通知された題に添う歌を持参したのだから、問題はないはずです。ところが、突然、「先日お知らせした題はどうもよくない。今夜の会は題を改めることにしましょう」と言われ、みなが了承したものだから大変です。新たな題を出されて詠むことになって、困り果てた増珍は逃げ去ってしまい、その場の全員が大笑いをしたということです。

あまり後味のよくない話でしたが、代作自体は珍しいことではなく、平安時代後期の歌学書『袋草紙（ふくろそうし）』に「歌仙も晴れの時、歌を人に乞（こ）ふ、常の事なり」と書かれています。

また、平安時代中期、公家歌人・藤原公任（きんとう）の家で催された歌会で、「紅葉」「天の橋立」「恋」の三つの題で、それぞれ和歌が詠まれた時のこと。遅刻した歌人の藤原範永（のりなが）は、この三つの題を一つの歌に詠んでみせました。

恋ひわたる人に見せばや松の葉のしたもみぢする天の橋立　（『金葉和歌集』）

歌会の人間模様

歌会については様々な人間模様があったようで、平安時代末期の歌人・俊恵(しゅんえ)法師が「近頃の歌会は……」と嘆いた話を、鎌倉時代初期の鴨長明(かものちょうめい)が書いています。十日や二十日前に題は出されているのに、いったい何をしていたのか、当日になって歌会の場であれこれ歌を思案したり、講師が歌を読み上げる披講の時も勝手におしゃべりしたり……などと無様な様子が見られたようなのです。

室町時代の歌人・正徹(しょうてつ)も兼題の歌会について、その頃の風潮に言及し、次のような要旨で厳しく注意しています。

「当日になって持参の歌をその場であれこれ検討するなんて、とんでもないこと。そうならないよう事前に出題されているのだから、前もって相談すべき人に歌を添削してもらって批評も受け、あとは懐紙に清書して、当日は懐に入れて出席するだけ、ということにすべきである」（『正徹物語』）

また、先ほどの鴨長明が、ある歌会に参加した時の話ですが、用意した歌を先輩に見られ、「自分の歌に似ているから詠み替えろ」と強引に言われたので、長明はやむを得ずその場で別の歌に詠み替えたそうです。現代人の感覚では、ちょっと考えられないようなふるまいですね。

2 「勅撰和歌集」の権威と栄誉

帝王の威光で至高の権威

「歌合せ」のお話に入る前に、すでに何度か出て来た「勅撰和歌集」というキーワードについて、今後の参考のために、ここで少しだけ説明しておきたいと思います。

勅撰和歌集というのは、前述したように天皇・上皇の下命によって編纂された和歌集で、『古今和歌集』から『新古今和歌集』などを経て、室町時代の『新続古今和歌集』まで二十一集が世に出ています。それぞれの時代の代表的な歌人が撰者になって、編纂された同時代だけでなく、過去の時代の秀歌も選んだアンソロジーでした。それも単なる名歌の寄せ集めではありません。巧みな構成によって、収録された個々の歌だけでなく、和歌集全体が美意識を持った一つの芸術作品と言えるものだったのです。

「勅撰和歌集」は、文化の中枢としての帝王の威光が至高の権威を与えた詞華集でした。

だからこそ、その編纂はどの時代の歌人にとっても最大の関心事となり、多くの逸話を残しています。たとえば……。

歌人の西行法師が陸奥への旅の途中で、第七代勅撰集『千載和歌集』編纂のことを知り、心落ち着かず京の都に向かいましたが、途中で会った知人から、自作の次の歌が選ばれていないと聞き、さっさと東国への旅に戻ってしまいました。

心なき身にもあはれは知られけり鴫(しぎ)立つ沢の秋の夕暮れ　（『新古今和歌集』）

ものの情緒が分からない我が身でも、鴫が飛び立つ沢辺のこの秋の夕暮れには、あわれをしみじみと感じることです……という有名な和歌ですね。『新古今和歌集』にはちゃんと載っています。

また、『方丈記』を書いた鴨長明(かものちょうめい)は、『千載和歌集』にたった一首選ばれただけで、自分は代々歌人が出ている家の者でもなく、上手な歌詠みでもないのに、大変名誉なことだと、微笑ましいほど心から喜んでいます。

ダメな歌が選ばれると後世への恥？

更にはこんなこともありました。ある歌人が、朝廷の御用牧場の政所（まんどころ）の前を、馬に乗ったまま通り過ぎようとして、非礼を咎められたが、「私は『後拾遺和歌集』（第四代勅撰集）に歌を選ばれた作者ではないか」と言い放ち、誰にも妨げられることなく、そのまま通り過ぎて行った。勅撰和歌集への自作の入集は、歌詠みにとって、大いに自慢できる栄誉だったのです。

逆の形で勅撰和歌集の威信を示すのが、平安時代後期の公家歌人・源経信のエピソードでしょう。『後拾遺和歌集』が編纂された頃、経信は自作のある和歌が選ばれたと知って、撰者にその歌は除いてくれと頼んだのです。ひどく出来の悪い歌なので、勅撰和歌集に載って後世の人に見られたら、歌詠みとして恥になる、という理由でした。結局、入集しませんでしたが、次の第五代勅撰集『金葉和歌集』にその歌は収められています。ちなみにこの集の撰者は経信の息子でした。

今では勅撰和歌集と言っても、ピンと来ない人が多いかもしれませんが、「百人一首かるた」で分かるように、決して遠い世界のことではありません。藤原定家が編んだ『小倉百人一首』の和歌は、すべて勅撰和歌集から選ばれています。

最後の勅撰和歌集から六百年

「勅撰和歌集」編纂は文芸上のイベントとはいえ、政治的色合いの濃い事業でもありました。醍醐天皇は律令体制を立て直す試みの一環として『古今和歌集』を成立させたし、後鳥羽上皇が『新古今和歌集』編纂を下命したのも、天皇親政を目指す意気込みがあってのこと。室町時代に将軍が新しい勅撰集を企画して、形式的には天皇の裁可で決定されるという体裁になったのも、足利将軍の権威を示すためでした。

結局、第二十一代『新続古今和歌集』で五百三十余年続いた伝統は絶えてしまいます。その後、足利義政の時代に、後花園（ごはなぞの）上皇の院宣で、次の集の編纂が決まったのですが、応仁の乱で和歌所が焼失して挫折し、以降、今日に至るまで六百年近く、「勅撰和歌集」は作られていません。

もしも現代に「勅撰和歌集」が復活したなら、柿本人麻呂や在原業平、紀貫之や藤原定家たちと、与謝野晶子や斎藤茂吉、更には寺山修司や俵万智など現代歌人の歌が、令和の勅撰集の中で連なって並ぶ、というのは充分あり得ることでしょう。下命者は今上陛下か上皇陛下で、撰者にふさわしいのは、宮中「歌会始の儀」の撰者の方々や、「歌の家」冷泉家のご当主などではないでしょうか。

もちろん、政治的な色彩のない純粋な文芸の試みとして、ということですが……。おっと、あくまで実現すれば、のお話でした。

3 「歌合せ」よもやま話

さて、横道にそれましたが、先の「歌会」に続く「歌合せ」の話に入りたいと思います。「歌合せ」は、左右二つのチームに分かれて、決められた題に基づいて歌の優劣を競い合う文芸的なゲームです。左方と右方の歌を一首ずつ合わせて一番とし、講師（こうじ）が読み上げ、対抗するそれぞれのメンバーが、相手方の歌を批判して、味方の歌をサポートします。勝負の判定をする審判は判者（はんじゃ）と呼ばれ、信望のある歌壇の重鎮が務めました。歌題は歌会と同じように、事前に知らされる兼題と、その場で示される即題があります。

御製は負けず

「歌合せ」で有名な和歌と言えば、『小倉百人一首』でお馴染みの次の二首でしょう。

左方　恋すてふ我が名はまだき立ちにけり人知れずこそ思ひそめしか（壬生忠見（みぶのただみ））

恋をしてる噂が早くも世に広まってしまった。人知れず心の中で思い始めただけなのに。

右方　忍ぶれど色に出（い）でにけり我が恋はものや思ふと人の問ふまで（平　兼盛（たいらのかねもり））

隠してたのに、顔に出てしまったようだなあ。恋で悩んでるのか、人に聞かれるくらい。

平安時代、清涼殿で行われた歌合せ（『天徳内裏歌合』）ですが、左右どちらも秀歌なので、判者は判定に困ってしまい、天皇が「忍ぶれど」と呟いたのを聞いて、右方を勝ちに決めました。右方の兼盛は大喜びでお礼の拝舞をして退出、左方の忠見はショックのあまり、食事がのどを通らなくなって死んでしまった、というのがよく知られた逸話ですが、忠見はその後も和歌を詠み続けていたようです。

歌合せの場では、歌は左方から読み上げ、天皇や上皇は身分を隠して「女房」と称しました。最初の歌「一番左」は負けにしないという習わしがあり、更に「御製は負けず」と言われていました。

初めは華麗なイベントだった

「歌合せ」は九世紀後半に始まりましたが、当初は文学的な催しというよりも、華やかで遊楽的なイベントでした。台の上に自然の景色をかたどった工芸品（洲浜（すはま））を持ち込み、左右それぞれが衣裳の色調を統一した美麗なファッションと、管弦の演奏とで盛り上がるエンターテインメントだったのです。

ただ、身分の低い歌人は、歌合せの作者であっても、その場に出席はできなかったらしく、先の話の平兼盛も、歌合せが終わるまで終日、別室に控えていたようです。少し時代は下りますが、ある歌合せの時、能因法師が自作の歌の判定を気にかけ、衣を頭からかぶって顔を隠し、会場に忍び込んで聞いていたが、相手の歌にとてもかなわぬと分かってこっそり立ち去った、という逸話もあります。歌の作者でありながら、歌合せの場で堂々と聞くことが出来なかったわけです。

紀貫之や紀友則、壬生忠岑など、この頃、歌合せに和歌を提供していた専門歌人たちの地位は低く、高級貴族から作歌の依頼を受けるような境遇でした。たとえば紀貫之は、時の権力者に孫へのプレゼントに添える歌を頼まれたり、父に贈る御礼の歌を代作してくれと請われたりして、大変名誉なことと喜んで受けています。

こうした歌合せも平安時代後期になると、華麗な要素が消えて、本気で優劣を争う真摯な勝負に変わり、文学的な議論が真剣になされるようになりました。判者の責任は重く、過去の歌合せの先例をよく調べて、多くの文献を読みこなさねばなりません。判定の理由を書いた判詞の内容に、歌の作者が文書で反論することもあり（陳状）、鎌倉時代の『六百番歌合』の顕昭の陳状は有名です。

専門歌人の地位も高くなり、公卿になる者も現れます。やがて藤原俊成・定家の御子左家や六条藤家のような「歌の家」が、優れた見識や高い能力で、世の信望を集めるようになりました。

鎌倉時代に後鳥羽上皇が主催した『千五百番歌合』は、史上最大規模の歌合せでした。

作者は当時を代表する三十人の歌人で、十人の判者が分担して判定しました（判者の一人は死亡）。

六百番歌合で激しい対決

それでは、歌合せの代表例として『六百番歌合』の様子を眺めてみましょう。これは鎌倉時代初期に摂関家の藤原良経が主催した大規模な歌合せです。

藤原良経は第四章で触れたように、歌壇を主宰して藤原定家など新風歌人たちの後援者となり、「新古今時代」をリードした歌人でした。この『六百番歌合』は、十二人の作者がそれぞれ百首を詠み、計千二百首を六百番に組み合わせたものです。左右に分かれた歌人の作品の優劣を判定するのは、判者の藤原俊成。勅撰集『千載和歌集』の撰者で、歌壇の大御所でした。『六百番歌合』はライバルの御子左家と六条藤家の歌人たちが、歌の家の名誉を賭けて対決した真剣勝負でもありました。

「枯野」を歌題にした番で、主催者・藤原良経の歌を見てみましょう。左の作者名・女房は藤原良経のことで、右の歌人は藤原隆信。この頃は、天皇・上皇・摂関などの高貴な作者は、女房と称するならわしになっていました。

左　勝　　　　　　　　　　　　　　　　　　　女房

見し秋を何に残さん草の原ひとつに変る野辺のけしきに

この秋に見た美しい景色を、いったい何に残したらよいだろうか。多くの草花が色とりどりに咲いた草の原も、枯れて同じ一つの色の景色になってしまった。

右　　　　　　　　　　　　　　　　　　　隆信朝臣

霜枯（しもがれ）の野辺のあはれを見ぬ人や秋の色には心とめけむ

霜枯れの野辺の情趣に目をとめない人が、秋の景色に心をとどめたのだろうか。霜枯れの野辺の情趣も秋の風情に劣らない、と言いたいわけです。

源氏見ざる歌詠みは遺恨のことなり

右方の歌人たちは、左の歌の「草の原」は墓場を思わせるのでよろしくないと言い、左方は右の歌が古めかしいと非難しました。判者の藤原俊成は判定の理由を述べた判詞の中で、左の「何に残さん草の原」は優艶だと誉め、右方が「草の原」を非難したのは甚だ不快だと言い切っています。判定は左の「勝」。女房つまり藤原良経が勝ちました。

判者の俊成によれば、「草の原」を詠んだ左の歌は『源氏物語』「花宴」の巻にある和歌を踏まえていました。第三章で光源氏の須磨の歌を紹介した時、政敵（右大臣）の娘・朧月夜と光源氏の密通に触れましたが、二人が出会った一夜の恋の別れ際、朧月夜が光源氏に詠みかけたのが、「花宴」の次の和歌でした。

憂き身世にやがて消えなば尋ねても草の原をば問はじとや思ふ　（『源氏物語』）

不幸な身の私がこのままこの世から消えたなら、あなたはわたしの草の原がどこかと、尋ねようとはなさらないでしょうか。

藤原俊成は判詞で、紫式部について、歌を詠むより物を書くほうが優れていると言い、「花宴」の巻は特に優艶だと讃えています。左の歌の「草の原」は『源氏物語』「花宴」に見られる場面をイメージしていると俊成は考え、それが分からない歌人を咎めて、『源氏物語』を読んでいない歌詠みなど実に遺憾なことだ、と大いに嘆きました。『源氏物語』は歌詠みに必須の知識だと言い放ったのです。俊成の判詞の「源氏見ざる歌詠みは遺恨の事也」は和歌文芸史上、後世に残る有名な言葉となりました。

帝王ぶりの和歌だが

平安時代後期の白河上皇が催した歌合せで、上皇が「池上の月」を詠んだ和歌が、勅撰集の『金葉和歌集』に収められています。

池水にこよひの月をうつしもて心のままにわが物と見る　（『金葉和歌集』）

池の水に今夜の月を映して、思うまま我がものとして眺めよう……。月を自分だけの物にするという、まさに帝王ぶりの風格のある歌ですが、手放しで称賛できない事情がこの歌にはありました。実は宮廷女房の詠んだ歌なのに、月を我がものと見るのは身分にふさわしくない詠みぶり、とみなした白河上皇が「我が歌になすべし」と言って御製にしてしまった、というのです（『袋草紙』）。人の歌を堂々と我がものにしたわけです。

この白河上皇には「雨水の禁獄」という言い伝えがあります。大事な法要が雨で三度も延期され、やっと実行した供養の当日も雨が降ったので、激怒した上皇は雨水を器に入れて、獄舎に閉じ込めたそうです。

後鳥羽上皇の帝王ぶり

帝王ぶりの和歌の話になったところで、少し脱線するのをお許し下さい。帝王ぶりと言えば、例としてよく挙がるのは、鎌倉時代初期の後鳥羽上皇のこの歌です。

見わたせば山もとかすむ水無瀬川夕べは秋となに思ひけん　（『新古今和歌集』）

上皇が水無瀬の離宮で春の夕景色を詠んだ和歌ですが、帝王の立場で、素晴らしい眺めを自分だけのものとして賞美している、というわけです。帝王の国見ということでもあり、眺望を我が物として独占するのは、まさに帝王ぶりです。和歌史上最高の作品の一つと、作家の丸谷才一氏は絶賛しています。もう一つ、平安時代末期の鳥羽上皇のこの歌も帝王ぶりと言えそうです。

尋ねつる我をや春も待ちつらん今ぞさかりに匂ひましける　（『金葉和歌集』）

詳しい内容は省きますが、花を求めてやって来た私を春が待っていた、というのです。春という季節が私に従うのは、自分が帝王だからこそ。古来、四季の順調な運行は、天皇の威徳によるものと思われていました。昭和天皇にも、悠然たるおおらかな詠みぶりから帝王ぶりとされる和歌があります。

広き野を流れゆけども最上川海に入（い）るまでにごらざりけり

皇太子だった頃、詠まれた歌ですが、国文学者の折口信夫（おりくちしのぶ）が絶賛しています。

艶（けそうぶみあわせ）書合でこんな贈答も

道草を食ってしまいましたが、「歌合せ」の話に戻りたいと思います。平安時代後期に「堀河院艶（ほりかわいんけそうぶみあわせ）書合」という歌合せがありました。男女の歌人が恋人気分でラブレターのように恋歌と返歌のやりとりをして競い合う、遊び心の溢れた催しだったようですが、この中の藤原俊忠と一宮紀伊のカップルを、取り上げてみたいと思います。男性の俊忠と女性の紀伊の間で、次のような歌が交わされました。

人知れぬ思ひありその浦風に波のよるこそ言はまほしけれ　（藤原俊忠）

人知れずあなたを思っています。荒磯の浦風で波が寄せるように、夜、あなたにお逢いして、この思いを打ち明けたいものです。

音に聞く高師の浜のあだ波はかけじや袖のぬれもこそすれ　（一宮紀伊）

高師の浜のあだ波のように、浮気心で有名なあなたの言葉は、心にかけないようにしますわ。涙で袖が濡れると困りますものね。

俊忠の歌に「浮気なあなたには騙されないわよ」と紀伊がうまく切り返し、恋する男女の艶（あで）やかな贈答になっていますが、この時、俊忠は二十九歳、紀伊は七十歳を過ぎていました。俊忠は藤原定家の祖父です。年齢を考えれば、実際にはありそうにない恋歌の応酬ですが、こういう試みが出来るのも、歌合せの醍醐味なのでしょう。紀伊の和歌は『小倉百人一首』に選ばれています。

難波潟のさざ波を詠んだら

さて話は変わりますが、前出の『袋草紙』によると、平安時代後期のある歌合せで、「夏風」の題で次の和歌が詠まれました。

難波潟（なにわがた）さざ波寄する浦風に照る水無月（みなづき）も涼しかりけり

難波潟（現在の大阪湾の入り江）の浦風がさざ波を寄せる涼しさを詠んだ歌ですが、これに対して「さざ波とは聞きなれない詠み方だ。（さざ波の）志賀と言ってこそ、さざ波ではないか」という批判が出ています。『万葉集』以来、確かにさざ波は近江との関わりで詠まれては来ましたが、文芸のわざとしては、別に志賀のさざ波でなくても、難波潟だろうが松島湾だろうがかまわないのでは……というわけにはいかないようです。

また、「ほととぎす」を詠んだ歌合せでは、こんなこともありました。左方がほととぎすの一声をようやく聞いた喜びを歌い、右方が今日もまた鳴き声を聞けそうにないと歌って、左方が勝ったのですが、どうやら判定は、鳴き声を聞いた方を「勝」とする先例に従ったようなのです。

証歌を出せ　先例を示せ

更に別の歌合せでは、峰の嵐が寒くて鹿が鳴いている、と詠んだ次の歌が、勝ちはしたものの、厳しい注意を受けています。

夕さればみねの嵐や寒からん声ふり立てて鹿の鳴くなる

嵐が寒くて鹿が鳴くのを歌う根拠として、過去にそのような和歌が詠まれたことを示せ、というのです。歌合せにおいては何より表現の伝統が重んじられ、前例となる古歌が証拠として求められます。寒さで鹿が鳴くかどうかより、そう詠んだ先例があるかということです。この証拠となる歌を「証歌」と呼びますが、歌合せの議論でしばしば出て来るのが、

「証歌があるなら出してみろ」という主張です。

住吉大社の神が白菊を植えた、と詠んだら、「住吉の菊を詠んだ歌には覚えがない。証歌を出せ」と言われるし、富士の高嶺にかかる雲を詠んだら、富士山は雲ではなく煙を詠むものだと言われる。これに対し、『万葉集』では富士の雲や雪を詠んだ歌が多い、という反論が出る。右方が竜田山（たつたやま）の霞を歌ったら、「霞は佐保山を詠むのであって、竜田山については紅葉を詠むものだ」などと左方が突っ込む……。

批判する側も批判される側も、その歌の文学的な価値を議論する姿勢よりも、ひたすら先例にこだわっていたのです。

屏風歌の歌人たち

「屏風歌（びょうぶうた）」も歌会や歌合せと同じように題詠なので、ここで触れておきたいと思います。

屏風歌は屏風に描かれた大和絵に添える和歌で、絵の主題に合わせて詠まれました。絵は自然の景物や年中行事、名所など様々ですが、歌は画中の人物の立場で詠んでいました。たとえば、八月十五夜に月影が池に映っている家で、男が女に求愛している場面を描いた屏風絵があったようで、この絵に合わせて平兼盛がこう詠みました。

秋の夜の月見るとのみ起きゐつつ今夜(こよい)も寝(ね)でや我は帰らん　（『拾遺和歌集』）

秋の夜の月を見るだけで起きていて、今夜も私は共寝をせずに帰るんだろうか。
上流貴族が長寿の賀などのお祝いで屏風を新調した時、専門歌人に作歌を依頼することが多く、紀貫之や凡河内躬恒(おおしこうちのみつね)、伊勢などの評判が高かったようです。

ちはやぶる神代(かみよ)も聞かず竜田(たつた)川韓(から)紅に水くくるとは　（『古今和歌集』）

神代の昔の話にも聞いたことがありません。竜田川の水を紅色に絞(しぼ)り染めにするなんて……。『小倉百人一首』で有名な在原業平(ありわらのなりひら)のこの和歌も屏風歌でした。実景ではなく、紅葉(もみじ)の浮かぶ竜田川の絵を見て詠んだのです。

第七章 「新古今和歌集」後の王朝和歌

1 京極派歌風の新風

先に『新古今和歌集』までの王朝和歌の流れをたどりましたが、これからそれに続く中世以降の宮廷和歌を眺めてみたいと思います。『新古今和歌集』の後、それに続く勅撰集の『新勅撰和歌集』を藤原定家が編纂しますが、これは『新古今和歌集』の華麗妖艶な世界とはまったく違う平淡優雅な歌風でした。定家晩年のこうした歌の境地は、以後の勅撰和歌集の多くで尊重されて主流となりますが、やがてマンネリにおちいってしまいます。

『玉葉和歌集』の清新な歌風

そんな沈滞した歌壇に清新な風を吹き込んだのが、藤原定家の曾孫・京極為兼（きょうごくためかね）が編纂した『玉葉（ぎょくよう）和歌集』でした。鎌倉時代後期の勅撰和歌集で、以下に作品を並べてみますが、撰者・京極為兼の代表作とされるのがこの歌です。

枝に洩（も）る朝日の影の少なさに涼しさ深き竹の奥かな　（京極為兼）

枝から洩れる朝日の光が少ないので、竹林の奥もそれだけ涼しさが深く感じられる、という情景を爽やかに詠んでいます。「深き」は涼しさだけでなく、竹の奥も暗示しているように思えます。

京極為兼がリードした京極派の歌人たちの歌風は、『玉葉和歌集』の中核をなすものですが、時間の推移と明暗・遠近の対比を描いた叙景歌に特徴があります。たとえば、京極為兼のこの歌はどうでしょうか。

波の上に映る夕日の影はあれど遠つ小島は色暮れにけり　（京極為兼）

波の上に映った夕日の光はまだ残っているが、沖の小島はもう夕闇に包まれている、という光景です。遠くの小島と近くの夕陽（波の上）、暗い小島と明るい夕陽。遠近と明暗のコントラストが活かされています。次は伏見上皇が宵の稲妻を詠んだ歌です。

宵の間（ま）のむら雲つたひ影見えて山の端（は）めぐる秋の稲妻　（伏見上皇）

群雲を伝って光り、山の稜線を照らす稲妻の一瞬の光を、鮮やかにとらえています。鎌倉時代後期の伏見上皇は、『玉葉和歌集』編纂を下命した人で、京極派の代表的歌人でもありました。

恋歌では心理分析を

また、『玉葉和歌集』の恋歌には、恋愛心理を内省的に描くような詠風に特色が見られます。たとえば伏見天皇の中宮・永福門院（えいふくもんいん）が詠んだこの恋歌です。

音せぬがうれしき折もありけるよ頼みさだめて後の夕暮　（永福門院）

便りのないのが嬉しい時だってあるものよ。あの方を信じ切ってから後に待つ夕暮れはね。愛の充足と幸福感に充ちており、恋の辛さや悲しみを詠むことの多い古典和歌にあっては珍しい趣向で、恋の嬉しさを表現しています。
平安時代の和泉式部の次の歌は、『玉葉和歌集』の恋歌の詠風にかなうので、この集に選ばれたものと思われます。

つれづれと空ぞ見らるる思ふ人天降り来むものならなくに　（和泉式部）

何とはなしにやるせなく空を見上げてしまいます。恋しいあの人が空から降りて来るわけでもないのに……。満たされない恋の想いのむなしさが伝わって来ますが、亡くなった敦道親王を詠んだという見方もあるようです。和泉式部のこの歌が『玉葉和歌集』までの勅撰和歌集に採られなかったのは、ちょっと意外と言えるかもしれません。

定家のこの歌を選んで叱られた撰者

更に『玉葉和歌集』には、藤原定家のこんな異色作も選ばれています。

ゆきなやむ牛の歩みにたつ塵の風さへ暑き夏の小車（おぐるま）　（藤原定家）

行き悩んでいる牛が歩むにつれて、風で塵が舞い立ち、その風さえも暑苦しく感じる夏の日の牛車よ。

この歌を載せたことで、撰者は歌壇の主流派から厳しい批判を受けました。たとえ定家作とはいえ、当時の常識的な美意識ではまったく評価されない和歌だったのです。大歌人にふさわしくない作品を勅撰和歌集に選んだ、というわけです。確かに定家の歌にしては王朝の雅（みやび）から遠いかもしれないけれど、苦しそうな牛の歩みや土ぼこりで猛暑を活写している、とは思われませんか。

京極派の独創的な境地

『玉葉和歌集』の後、歌壇主流の平明な和歌がまた続きますが、京極派が再び新風を吹き込みました。伏見上皇の孫・光厳(こうごん)上皇が自ら編纂した、南北朝時代の勅撰和歌集『風雅和歌集』のことです。『風雅和歌集』は清新な叙景歌、心理を深く分析した恋歌など、『玉葉和歌集』の京極派歌風を継承して深化させています。

『風雅和歌集』の三首の和歌を並べてみましょう。次の和歌は、『玉葉和歌集』の撰者だった京極為兼の代表作とされる歌です。

沈み果つる入日(いりひ)のきはにあらはれぬ霞める山のなほ奥の峰　(京極為兼)

霞んでいる山に夕日が沈む間際、山の奥の今まで見えなかった峰が、夕陽によって初めてその姿を現した……という逆光の中の情景です。これまでの和歌に見られなかった美の発見、とも言える印象的な作品です。今度は『玉葉和歌集』にも登場した永福門院(伏見天皇中宮)の叙景歌を見てみましょう。

花の上にしばしうつろふ夕づく日入るともなしに影消えにけり　（永福門院）

桜の花の上にしばらく映えていた夕陽が、いつのまにかはかなく消えてしまった、という春の夕暮れの情景です。時間の推移とともに変化してゆく美しさが描かれています。深い余韻をたたえた京極派和歌の代表作の一つです。同じ作者の歌をもう一首あげます。

真萩散る庭の秋風身にしみて夕日の影ぞ壁に消えゆく　（永福門院）

萩の花の散る庭を吹く秋風が身にしむように冷たく、夕日の光が次第に薄れて、壁に吸い込まれるように消えて行く。夕暮れの時間の移ろいの中、光が「壁に消えゆく」という表現が独創的で、作者の孤独な心境を思わせます。

大正時代まで評価されなかった京極派

『玉葉和歌集』と『風雅和歌集』は、今日でもあまり知られていない勅撰集です。新鮮な京極派の和歌は、『万葉集』や『古今和歌集』、『新古今和歌集』に比肩する独自の美意識を持った革新的な詠風でありながら、伝統的な美意識を至上とする歌壇から異端として非難されました。近世と明治時代末期、わずかに評価されたことはありましたが、『玉葉和歌集』も『風雅和歌集』も、大正時代に土岐善麿や折口信夫たちに認められるまでは、長い間、異風として忘れられたような存在でした。それにしても、「写生」を唱えた正岡子規が、京極派の叙景歌の写実性に関心を向けなかったのは意外です。

2　光厳上皇の数奇な生涯と和歌

数奇な運命を生きた光厳上皇

勅撰集『風雅和歌集』を自ら編纂した光厳上皇という人は、まことに数奇な運命をたどった帝王でした。現代では、歴代天皇百二十六代の正統の系譜に入っておらず、北朝初代天皇とされています。

鎌倉幕府に擁立されて天皇となり、幕府が滅亡すると後醍醐天皇に廃位されましたが、建武新政の崩壊後、弟の光明天皇と皇子・崇光天皇の在位中、治天の君として二代、十五年の院政を行います。勅撰和歌集を編纂したのはこの頃で、『風雅和歌集』成立後に、動乱で南朝方に連れ去られ、河内や大和に幽閉されました。絶妙のタイミングで、何とか勅撰集を後世に残せたわけです。幽閉中、禅宗に帰依（きえ）して出家し、その後、京都に帰りますが、晩年は丹波国の山寺で一人の禅僧として過ごし、五十二歳で世を去りました。不運で稀有な生涯を終えられた天皇でした。

『風雅和歌集』には、光厳上皇の治天の君としての責任を自省した歌もあります。

をさまらぬ世のための身ぞうれはしき身のための世はさもあらばあれ

（『風雅和歌集』）

乱れて治まらない今の世で、政（まつりごと）を行う我が身の至らなさが、何とも嘆かわしいことだ。私自身のことは、どうでもよいのだが……。南北朝期の激動の乱世を生きた上皇の憂いだったのでしょう。

現代人も共感できる「ともしび」連作

『風雅和歌集』の作品のほかに、光厳上皇の和歌では「ともしび」の連作六首が異彩を放っています（『光厳院御集』）。一つのともしびの光と向き合い、自己の心の奥をじっと見つめ、その思索を六首の和歌に昇華させた連作で、次はその中の一首です。

ともしびに我も向はず燈もわれに向はずおのがまにまに

ともしびに私は意識して向き合ってはいないし、ともしびも私に意識して向き合ってはいない。それぞれがそのままに存在しているだけだ……と読み取ればいいでしょうか。作者の孤独の深さが窺えます。「ともしび」連作には、他にこんな歌もあります。

小夜ふくる窓の燈つくづくと影もしづけし我もしづけし

夜更けの窓辺のともしびを、しみじみ見ていると、その光は静かで、じっと見つめている私の心もまた静かであることよ。もう一首、味わってみましょう。

過ぎにし世今ゆくさきと思ひうつる心よいづらともしびのもと

過ぎた昔、現在、そして未来へと、想いが移るその心は、いったいどこにあるのか。それは、このともしびのもとにあるのではなかろうか。ほかの三首も並べておきます。

心とて四方（よも）にうつるよ何ぞこれただこの向ふともしびのかげ
向ひなす心に物やあはれなるあはれにもあらじ燈（ともしび）のかげ
更（ふ）くる夜の燈（ともしび）のかげをおのづから物のあはれに向ひなしぬる

いずれも、心そのものを対象にした思弁的で哲学的な詠作です。王朝和歌が到達し得た一つの境地、と言えるかもしれません。十四世紀のこの国で、このような深い思索が、和歌において、しかも上皇によってなされていたのです。現代人の私たちも、大いに共感できるのではないでしょうか。

3　江戸時代の王朝和歌と古今伝授

古今伝授の秘儀

ここで「古今伝授」の話が出ると、唐突に思われるかもしれませんが、江戸時代の宮中で、「御所伝授」という形で王朝和歌と関わりますので、少しだけ触れておきたいと思います。

「古今伝授」は『古今和歌集』の注釈をめぐる秘説を、口伝や切紙によって師から弟子に伝えることで、本居宣長から「歌道の妨げにて、この道の大厄なり」（『排蘆小船』）と非難されましたが、伝授を受けるのが一級歌人の証になるほど尊ばれていました。

『古今和歌集』は長い間、歌人にとって仰ぐべき聖典でしたが、時がたつうちに歌の解釈に疑問が生まれ、様々な注釈がなされるようになります。そうした中、藤原俊成、定家たち御子左家の嫡流・二条家からの流れで、「古今伝授」が歌学の秘事として権威を持つようになりました。

室町時代に武将歌人の東常縁から連歌師の宗祇が受けた狭義の古今伝授は、細川幽斎などを経て、江戸時代初期、八条宮智仁（としひと）親王から後水尾（ごみずのお）天皇に継承され、宮中に入ります。いわゆる「御所伝授」の始まりですが、天皇自ら関わることで、この秘儀は朝廷が徳川幕府の政治権力に対抗する文化的権威となりました。その後、天皇への相伝で血脈が維持され、親王と公家を含めて、基本的には幕末まで引き継がれました。

「三鳥三木」の秘伝

「古今伝授」では、『古今和歌集』に収められた和歌には、表面的な意味の裏に隠された寓意があるとされています。「古今伝授」の中心は「三鳥三木」（三木三鳥）の秘伝で、『古今和歌集』の和歌に出て来る奇妙な名前の鳥と草木をめぐる解釈です。たとえば「三鳥」は、『古今和歌集』の次の三首の「百千鳥（ももちどり）」「呼子鳥（よぶこどり）」「稲負（いなお）ほせ鳥」を指しています。

百千鳥さへづる春は物ごとにあらたまれども我ぞふりゆく　（よみ人知らず）

をちこちのたづきも知らぬ山中（やまなか）におぼつかなくも呼子鳥かな　（よみ人知らず）

我が門（かど）に稲負（いなお）ほせ鳥の鳴くなへにけさ吹く風に雁（かり）は来にけり　（よみ人知らず）

続いて「三木」とは、『古今和歌集』の次の三首の中に「物名」として詠み込まれた「をがたまの木」「めどにけづり花」「かはな草」を指しています。「物名」とは、歌の内容と関係なく物の名前を隠して詠み込む技巧です（「隠し題」）。「めどにけづり花」は、二首目の歌に「めど」だけが詠み込まれています。

みよしのの吉野の滝に浮かびいづる泡をか玉の消ゆと見つらむ　（紀友則）
花の木にあらざらめども咲きにけりふりにしこのみなる時もがな　（文屋康秀）
うばたまの夢になにかはなぐさまむ現にだにも飽かぬ心を　（清原深養父）

「古今伝授」で、三鳥三木が何を意味するかは、これら六首の和歌の内容を普通に解釈することとは違います。内容が分かりづらくても気にしないでください。

ちなみに、「三鳥」の「百千鳥」はウグイスのことかと言われ、あるいは多くの鳥という解釈もあります。「呼子鳥」は人を呼ぶような鳴き声の鳥で、カッコウかホトトギス、ウグイスなどの見方があるようです。また、「稲負ほせ鳥」は秋に飛来する渡り鳥であるとか、セキレイとか諸説があります。そして、「稲負ほせ鳥」が「天皇」を、「呼子鳥」が「関白」、

「百千鳥」が「臣」を意味し、更に「三木」はそれぞれが三種の神器に相当する、という解釈もされています（横井金男『古今伝授沿革史論』）。

後水尾天皇の御所伝授

江戸時代初期の後水尾天皇は、「古今伝授」を二回にわたり八人に行なっています。相手は天皇、皇族と公家ですが、和歌詠作の添削と、『古今和歌集』の和歌についての講義があり、その後、奥秘の内容を切紙に書いて伝授したようです。あの六首の和歌をめぐる「三鳥三木」の秘説などでしょう。

このような「御所伝授」は先に述べたように、幕末まで続き、徳川幕府に対して朝廷の文化的権威を誇示する秘儀でした。改元・編暦と官位授与を除けば、江戸時代の天皇には世俗の権能はほとんどなく、朝廷が武家の権力に向き合えるのは、王朝文化を体現する天皇の精神的権威でしかなかったから、天皇家が「古今伝授」という権威を「御所伝授」で独占したのは、大いに意義があったわけです。

それにしても、作歌指導や和歌の講釈があるにせよ、『古今和歌集』の「三鳥三木」の実体を教えたりするのが、『万葉集』以来の「やまとうた」の本流で、帝王たちが没入するほどの営みだったのでしょうか。幕府に対抗する王道の文化的拠点としては、天皇が至高の権威を与える「勅撰和歌集」という伝統的な器も、あったように思えます。世俗権力への文化的権威の源泉は天皇であり、その下命による勅撰和歌集編纂は、大きな拠り所になったのではないでしょうか。

江戸時代の宮廷和歌

江戸時代の天皇はたゆまず和歌の修練を重ねており、その頂点とも言うべき後水尾天皇は様々な歌会を催し、宮廷歌壇を率いて熱心に歌人を指導しました。江戸時代初期の王朝和歌の隆盛を築いた天皇ですが、二条城に行幸して徳川秀忠・家光父子に饗応された時、後水尾天皇が歌会で詠んだのが次の和歌です。

もろこしの鳥も住むべく呉竹のすぐなる世こそかぎりしられね

（『後水尾院御集』）

鳳凰が現れるほど真っ直ぐで正しい今の御代は、尽きることなく続くことよ。「もろこしの鳥」つまり鳳凰は、徳の高い天子が位についた時に出現する鳥とされ、この歌は治世の永遠を寿(ことほ)いでいるわけです。ところが、紫衣(しえ)事件や春日局(かすがのつぼね)拝謁事件などで、江戸幕府との関係が悪化し、後水尾天皇は突然、明正天皇に譲位します。その時、詠まれたとされるのが、有名なこの歌です。

葦原(あしはら)やしげらばしげれおのがままとても道ある世とは思はず

葦原よ、繁りたいならいくらでも繁ればいい。どうせ、まっとうな政治が行われている世の中じゃないんだから……。もし、後水尾天皇の御製であれば、なげやりな怒りの詠みぶりに、譲位の悔しさが感じられます。

後水尾天皇の後にも、後西(ごさい)天皇や霊元(れいげん)天皇、光格(こうかく)天皇など、優れた宮廷歌壇が続いて、江戸時代の王朝和歌を支えました。霊元法皇と中御門(なかみかど)天皇はベトナムから連れて来られた象と対面した時、今まで仏教絵画でしか見たことのなかった象の実物を、伝統的な和歌の技法で表現して、率直に感動を詠んでいます。

八代将軍・徳川吉宗がベトナムから取り寄せた象が、長崎から京に着き、中御門(なかみかど)天皇に拝謁する時、無位無官では参内できないというわけで、象は朝廷から従四位の位を授かり、「広南従四位白象」と称した、という伝承もあります。象は江戸城で将軍吉宗と対面し、浜御殿（浜離宮）で飼育された後、中野村（東京都中野区）の農民に払い下げられますが、病気になって手厚い看病の末、死亡したということです（『通航一覧』巻百七十六）。

「歌会始」と王朝和歌の輝き

また、江戸時代後期の光格天皇は閑院宮家（かんいんのみやけ）からの即位なので、今上陛下や上皇陛下には、皇統の直系の祖にあたる人ですが、宮廷歌壇を率いる優れた歌人でもあり、譲位の年の正月にこんな和歌を詠んでいます。

ゆたかなる世の春しめて三十（みそじ）あまり九重（ここのえ）の花をあかず見しかな

（『光格天皇御集拾遺』文化十四年）

足かけ三十九年、宮中の花を飽きることなく見て来た、という感慨が歌われていますが、二〇一八年の「歌会始の儀」での（在位中だった）上皇陛下の御製は、皇居・東御苑を散策中の情景を詠まれた歌で、光格天皇の先の和歌とは、共に内裏の花が詠まれたことが似ているようにも思えます。譲位される前年の「歌会始の儀」の御製で、お題は「語」でした。

語りつつあしたの苑（その）を歩み行けば林の中にきんらんの咲く

（二〇一八年「歌会始の儀」）

上皇陛下は光格天皇以来の御退位でもあり、また、光格天皇とは直系の血統で御縁が深いので、譲位の御製にどこか共感なさるところがあったのでしょうか。

宮中行事「歌会始の儀」は、テレビ中継からも、皇族方の参列や、選歌を披露する読師（どくじ）・講師（こうじ）・発声（はっせい）・講頌（こうしょう）など「披講諸役（ひこうしょやく）」の伝統的な所作で、王朝社会の歌会を偲ぶことができます。式場は皇居の「正殿松の間」で、宮中の最も重要な儀式が行われるところです。「歌会始」（歌御会始（うたごかいはじめ））のルーツは十三世紀にあり、室町時代に年中行事として確立したようです。江戸時代もほぼ毎年催され、その後、明治時代に一般国民の詠進も認められて、現在のような開かれた形になりました。勅撰和歌集なき後、王朝和歌の雅（みやび）を古式ゆかしく令和の現代に伝える、貴重なイベントと言えるでしょう。

著者略歴

中原文夫（なかはら・ふみお）
昭和24年広島県に生まれる。一橋大学卒業。
元文藝春秋勤務（雑誌・書籍編集）。
元早稲田大学大学院政治学研究科非常勤講師。
日本文藝家協会会員。平成6年、「不幸の探究」にて、第111回芥川賞候補。
著書に、小説『言霊』、『霊厳村』、『不幸の探究』、『土御門殿妖変』、
『神隠し』（所収短編作品がオフィス北野で映画化、フジテレビでドラマ化された）、
『けだもの』、『アミダの住む町』、『ともがら（朋輩）』、歌集『輝きの修羅』、
句集『月明』、論考「平成に勅撰和歌集の復活を」などがある。

王朝和歌、こんなに面白い

二〇二四年一月五日第一刷印刷
二〇二四年一月一〇日第一刷発行

著者　中原文夫
装幀　小川惟久
発行者　青木誠也
発行所　株式会社作品社

〒一〇二-〇〇七二
東京都千代田区飯田橋二ノ七ノ四
電話　(〇三)三二六二-九七五三
FAX　(〇三)三二六二-九七五七
https://www.sakuhinsha.com
振替　〇〇一六〇-三-二七一八三

印刷・製本　シナノ印刷㈱
本文組版　㈲マーリンクレイン

ISBN978-4-86793-014-4 C0095

◆作品社の本◆

不幸の探究

中原文夫

平凡な生活者を突然襲う不幸の数々。苦悩に耐えた男には他者への無上の好意が膨らむが……。善意が悪となり、傍目の不幸も幸せとなる、端無くも空転する人間関係の在り様を軽妙に描く、芥川賞候補の表題作を含む気鋭の珠玉の作品集。

アミダの住む町

中原文夫

町の人から愛されるこの老人は度が過ぎた善人だが、どこか謎めいていた。日本文藝家協会編『文学 2011』収録の表題作等、奇妙なテイストで人間の不確かさを炙り出す9篇。この世の日常には不可思議な闇、誰にも見えない毒がある。

神隠し

中原文夫

高校二年の秋、麗子の父は突然失踪した。「趣味は家族」が口癖だった父親は本当に蒸発したのか……。表題作の他、平穏な日常に突然訪れる破調の諸相を描き、人間の心の奥の不可思議を妖しくつむぐ異色の作品集。映画化作品も所収。